U0115314

文學研究叢書・兒童文學叢刊

# 兒童文學論集（三）

林文寶　著

# 自序

本書收錄文章，前後近三十年。

早期文章從收存雜誌中相見，既驚喜又陌生，於是收錄並存，以見個人學術歷程。

至於近期論述，皆應研討會而書寫。其間並有序文，皆屬有感而發，是以收存。

又其中有幾篇未發表，甚至不詳當時書寫的原由，仍一併收存，以待日後查考。

為讀者方便，文末附有文章出處表。

其間體例不一，仍請見諒。

# 目次

# 當前我國兒童文學巡禮
## ──兼論師專改制後兒童文學發展的方向

## 一　前言

　　一九四九年以來，兒童文學在臺灣地區的發展是非常緩慢而又閉鎖。但由於兒童文學作家們的努力，以及各級教育行政單位和某些機構團體的推動，兒童文學的創作，無論是小說、童話、兒童詩歌、插畫等，在品質和數量上皆有相當明顯的提升。也由於有關機構舉辦多次兒童文學研習活動，再加上兒童文學學會的創設，使得兒童文學作家有日益增多的趨勢。因此，自不乏有值得記載的相關人和事。然而，就兒童文學史料的收集和整理言，則乏善可陳。這種建立保存收集資料的觀念，是一般人，也是機關、出版社、雜誌社等所缺少的，由於沒有好好的保存，有關臺灣地區的兒童文學的史料，則屬零星散置，使用也不易。如此，自不易有兒童文學的學術研究可言。

## 二　兒童文學學術研究的範疇

　　兒童文學學術研究的範疇，見仁見智，洪文瓊先生於〈兒童文學研究的新趨向〉一文裡列有如下範疇：
　　1 兒童文學史。
　　2 兒童文學理論。
　　3 兒童文學美學。

4 兒童文學批評理論。

5 兒童讀物插畫研究。

6 兒童讀物功能研究。

7 兒童讀物應用研究。

8 市場調查研究。

（詳見《兒童圖書與教育》第2卷第6期，1982年6月，頁18-24。）

綜觀一九四九年以來，兒童文學的學術研究，平心而論，仍是在於起步的階段。如與一九四九年以前比較，則有倒退的現象。一般說來，學術研究是寄存於大專院校等學府。試以碩士、博士研究論文及舊制師專學報為例，說明其研究狀況。

碩士、博士研究論文與兒童文學有關者列表如下：

| 論文名稱 | 撰文者 | 指導者 | 院所 | 時間 | 類別 |
|---|---|---|---|---|---|
| 現行臺灣兒童讀物之研究 | 劉安然 | 葉霞翟 | 文化家政研究所 | 1965 | 碩 |
| 敦煌兒童文學研究 | 雷僑雲 | 潘重規、葉詠琍 | 文化中研所 | 1981 | 碩 |
| 敦煌孝道文學研究 | 鄭阿財 | 林尹、潘重規 | 文化中研所 | 1983 | 博 |
| 敦煌俗文學研究 | 林聰明 | 臺靜農、潘重規 | 東吳中研 | 1983 | 博 |
| 故事呈現方式與故事結構對學前及學齡兒童回憶與理解之影響 | 陳淑琦 | 林一真、邱志鵬 | 文化兒福研究所 | 1984 | 碩 |
| 三十年來臺灣地區兒童讀物出版發展史 | 王振勳 | 王振鵠、王振鵠 | 文化史研所 | 1984 | 碩 |
| 中國古代笑話研究 | 陳清俊 | 羅宗濤 | 師大國研所 | 1985 | 碩 |
| 敦煌寫本兔園策府研究 | 郭長城 | 潘重規 | 文化中研所 | 1985 | 碩 |

　　從列表中可知，真正與兒童文學相關者不多。蓋兒童文學在一般的大專院校裡，只是偶有開設，更遑論研究所。倒是與敦煌俗文學有關者不少，他們的重點，或民俗、或名物、或制度，雖亦有關於文學者，但皆在於流變的探討，可作為研究兒童文學史料者參考，但無益於初學者，因此所錄不多。

　　又師專學報裡有關兒童文學論文者亦列表如下：

| 論文名稱 | 撰文者 | 校別 | 期數 | 頁數 | 時間 |
|---|---|---|---|---|---|
| 楊喚的生活與文學 | 歸　人 | 花　師 | 1期 | 109-116 | 1970.4 |
| 閩南民間傳說「黃巢試劍」考 | 陳　侃 | 花　師 | 6期 | 169-190 | 1974.4 |
| 兒童文學製作之理論 | 林文寶 | 東　師 | 3期 | 1-31 | 1975.4 |
| 各國兒童文學研究專論 | 許義宗 | 北市師 | 12期 | 97-113 | 1980.6 |
| 幼兒語文能力之指導研究 | 張淑娥 | 南　師 | 13期 | 37-72 | 1980.8 |
| 兒童詩歌研究 | 林文寶 | 東　師 | 9期 | 265-398 | 1981.4 |
| 現代改寫本西遊記之比較研究<br>——兼論改寫古典小說的情節取捨 | 洪文珍 | 東　師 | 9期 | 545-600 | 1981.4 |
| 中華兒童叢書價值內容分析 | 吳英長 | 東　師 | 9期 | 189-264 | 1981.4 |
| 兒童歌謠與兒童詩歌研究 | 蔡尚志 | 嘉　師 | 12期 | 165-276 | 1982.4 |
| 歷代「啟蒙教育」地位之研究 | 林文寶 | 東　師 | 10期 | 227-254 | 1982.4 |
| 歷代啟蒙教材初探 | 林文寶 | 東　師 | 11期 | 1-122 | 1983.4 |
| 語文科中童詩童謠教學探討 | 鄭　蕤 | 中　師 | 12期 | 27-82 | 1983.6 |
| 兒童文學故事體寫作之研究 | 林文寶 | 東　師 | 12期 | 1-126 | 1984.4 |
| 古典詩歌教學淺論 | 廖振富 | 嘉　師 | 15期 | 167-183 | 1985.4 |
| 笑話研究 | 林文寶 | 東　師 | 13期 | 57-122 | 1985.4 |
| 國小高年級國語教材之研究 | 何美鈴 | 北市師 | 16期 | 31-98 | 1985.6 |
| 兒童故事基架研究 | 吳英長 | 東　師 | 14期 | 195-214 | 1986.4 |
| 朗誦研究（上） | 林文寶 | 東　師 | 14期 | 79-194 | 1986.4 |

| 論文名稱 | 撰文者 | 校別 | 期數 | 頁數 | 時間 |
|---|---|---|---|---|---|
| 兒童故事要論 | 蔡尚志 | 嘉　師 | 16期 | 1-90 | 1986.5 |
| 「弟子職」研究——中國第一部「兒童教育」的專者 | 馮永敏 | 北市師 | 17期 | 41-83 | 1986.6 |
| 詩歌吟誦教學之研究 | 蘇友泉 | 南　師 | 20期下冊 | 157-199 | 1987.4 |

　　又我們再從兒童文學理論專業期刊來看，所謂兒童文學理論專業期刊，是指在內容上以刊登兒童文學專題研究或理論評介為主，或提供一些相關的訊息。它的閱讀對象是成人。在類別上，有綜合性的，即廣泛以各類型的兒童文學理論作為探討對象，如國語日報的〈兒童文學周刊〉；也有專科性的，即以專門類型的兒童文學理論為探討對象，如《布穀鳥》詩學季刊。

　　兒童文學理論專業期刊的發行數量與內容質地，是一國兒童文學發展程度的最好指標。以下試列一九四九年以來可見的兒童文學理論專業期刊：

　　《兒童文學周刊》　國語日報社　1972年4月2日創刊

　　《大雨童詩》（雙月刊）　1970年1月創刊出4期

　　《風箏童詩》（季刊）　1970年1月創刊　1986年1月出第10期

　　《兒童文學雜誌》　天王福主編　1970年4月創刊　1970年9月出
　　　5、6期合刊後停刊

　　《兒童圖書與教育》　1981年7月創刊　1982年8月停刊　出13期

　　《海洋兒童文學》　1983年4月創刊　1987年4月停刊　計出13期

　　《中華民國兒童文學學會通訊》（雙月刊）1985年12月創刊

　　《培根兒童文學雜誌》　1986年月4創刊　自1987年月11第7期起
　　　為論述性刊物

　　《滿天星兒童詩刊》　1987年月9創刊

其中真正能算是專業雜誌者，僅有〈兒童文學周刊〉、《兒童文學雜誌》、《兒童圖書與教育》、《海洋兒童文學》等四種。「兒童文學周刊」是國語日報周日的一個版面，不受市場因素的影響，因此迄今逾十五年而仍繼續發刊。

從兒童文學理論專業雜誌的考察，得知國內近十年來，儘管兒童讀物出版相當蓬勃，可是兒童文學理論的專業期刊，卻一直無法成長茁壯。

綜合以上的考察，正指陳了一個事實，即我們的兒童讀物發展是表象的，是屬於「加工出口區」的發展階段，也就是說仍然談不上學術研究。究其原因，則不得不歸之先天不足與後天失調所致。

所謂先天不足，即指其傳承而言。新時代兒童文學本來有豐碩的源頭，而中樞遷臺後，卻形成斷層。當時的兒童文學猶如混血的棄嬰。雖然努力掙扎了二、三十年，仍尋不出屬於自己本土的天地，這不能不說是學術斷層所致。

至於後天失調，則說來話長，要言之，即指「兒童文學」無所依靠是也。

## 三　兒童文學研究的環境

洪文瓊先生在〈兒童文學研究的新趨向〉一文裡，建議提升國內兒童文學研究水準之途如下：

1 建立完整的資料中心。
2 修正、建立一套完整的兒童圖書分類制度。
3 成立全國性兒童讀物研究學會。
4 學術與企業結合推動各項兒童文學基礎研究。
5 教育當局宜更重視兒童文學。（同上，詳見頁21-25。）

　　是凡學術研究，必須有基礎資料與基礎據點。而臺灣的兒童文學，既無資料中心，亦無研究據點；究其原因，乃是兒童文學無法生根。無法生根，則不易獲得教育行政及學校體系的支持。如果能將兒童文學理論、研究方法和兒童文學學術研究納入大專院校有關學系之課程，並由教育行政機構支持研究經費，推行系統性的研究工作，並有計畫將中國古典文學作品改寫成為兒童文學作品；收錄目前仍流傳的口傳俗文學，或收集國外兒童文學作品，進行比較研究，對於提升兒童文學水準和學術研究風氣，必有相當的助益。

　　兒童文學要成為學術研究，勢必要寄存於學府。而寄存之道，雖可以納入有關科系選修課程，要皆不如立身於師範學校。

　　我國近代之有師範教育，始於光緒二十三年（1897）上海南洋公學增設師範院，以培養上、中、外三院的教師。翌年設立京師大學堂，分設「師範齋」，招收大學堂三年肄業的高材生。光緒二十八年張百熙、榮慶、張之洞等奏定學堂章程頒布，設立師範師資培養機構之重要。光緒二十九年張百熙等奏定學堂章程頒布，設立初級師範學堂負責培養小學教師；優級師範學堂培養中學與初級師範教師；實業教員講習所培養實業學堂、實業補習學堂及藝徒學堂的教師。而我國正式師範教育方始成立。

　　依「奏定學堂章程」規定，師範教育自成立一系統，分優、初二級。而初級師範課程亦多經變遷。就民國十九年部頒「高級中學師範科課程暫行標準」，為便於小學教學應用或小學深造起見，選修科目並得依性質而分為：藝術、體育、實用技能、語文、數理、社會科學等組。而此次課程並力求適合小學教師的需要，加入「兒童文學」等課。其實，就張聖瑜《兒童文學研究》一書附錄「兒童文學教科實況調查」所載，早在一九二一年江蘇一師即設有兒童文學的課程（見商務印書館，1928年，頁189）。

　　據該調查說：「大都認為兒童文學為小學教育中一個重要問題，師範學生極應注意研究；故各校漸由國語教學法外，增設兒童文學課程（同上，頁191）。」

　　臺灣光復後，為配合師範教育目標，發展本省師範教育，於一九四七年即頒行「臺灣省師範生訓練方案」。中樞遷臺後初期，不論各類型師範學校（普通師範科、師資訓練班、二年制簡易師範班、簡易師範科補習班），就課程言，都沒有兒童文學，至民國四十九學年度起，遵照教育部頒訂「提高國民學校師資素質實施方案」，（1955年9月）規定，計畫將本省師範學校分期改辦為二年制師範專科學校，臺中、臺北、臺南三所師範學校，即先後於民國四十九、五十、五十一等學年度，改制為二年制專科學校。後經檢討決定自民國五十二學年度起，又將二年制師範專科學校改為五年制專科學校，原有二年制至民國五十八學年度全部結束。而其他的師範學校，亦自民國五十三學年度起，逐年改制，至民國五十六學年度止，全省師範學校改制為五年制師範專科學校。

　　在專科時期，不論是二專或五專，其國校師資科中之語文組（有時亦稱文組、文史組）都有兩個學分選修的「兒童文學研究」，而所謂的「兒童文學」用書，亦由此而生，目前可見的最早的用書是中師專劉錫蘭的《兒童文學》（中師專語文叢刊四，1963年）又一九七〇年九月教育部取消文史組，並增開「兒童歌謠研究」四學分，供國校音樂師資科學生選修。

　　五年制國校師資科之課程經過四次修訂。至一九七八年三月十一日，教育部公布「師範專科學校五年制普通科科目表」，易國校師資科為普通師資科，而語文組選修中的「兒童文學研究」，則增為四個學分，並訂名為「兒童文學研究及習作」。

　　又近年來，普遍重視學前教育，各師專先後皆設有幼師科，其中

選修科目有「故事與歌謠」，驟使兒童文學有類似顯學之趨勢。

　　一九八五年十一月七日行政院通過師專改制案。並於一九八七年七月一日起，將國內現有的九所師專一次改制為師範學院。在新制師範學校的一般課程裡，列有兩個學分的「兒童文學」，且是師院生必修科目。

　　追述兒童文學廁身學府的過程，雖有不勝噓唏之嘆。而如今隨師專改制，兒童文學已列為師院生必修科目，所謂有所依靠與據點，我們相信兒童文學的研究環境亦已漸趨成熟。

# 四　結語

　　檢視目前兒童文學研究的環境，教育當局已正式列為師院必修課程，而學會亦已成立多年，惟今之計，自以建立資料中心為最重要。而資料中心的建立，則首賴有關史料的收集與整理。個人自一九七一年起，即置身於兒童文學教育的行列，平時頗注意資料之收集。如今參與論述選集的工作，始驚奇有關史料的收集與整理之缺乏，以及學術研究水準之不足，因而有上述的引論，其間若有不是之處，祈請見諒。

　　本論述選集主要為初學者而設，所選文章要以體製、體裁為主，他如史料、文學理論、作品論、作家論等皆不錄。又全書自成體系者亦不選。本書計分：總論、故事、神話、寓言、童話、小說、詩歌、戲劇、其他等九個單元，每單元約選三、四篇。並於書末附有一九四九年以來臺灣地區的論述書目，從書目中可見研究的概況。至於有若干古代啟蒙書之研究著作，因與新時代兒童文學無涉，是以不錄。其中有關詩歌類，雖其發展有失常道，但因論述與解說者較多，是以自成一類。這些論述文章能編集成冊，自當感謝各位作者能同意收錄，

使本選集增色不少。同時，也感謝朱秀芳、陳月文兩位在編選過程中對個人的幫忙。更感謝臺灣分館適時出版《兒童讀物研究目錄》，給予不少的方便。但因偏居東隅，資料需求頗多不易，疏忽不足之處，並請指教。

在編選之餘，個人認為未來的兒童文學的學術研究，實在是條寬廣的道路，只要我們能承襲前人的研究的成果，自能踏出穩健的步伐。曾見周作人〈童話略論〉裡云：

> 今總括之，則治教育童話，一當證諸民俗學，否則不成童話，二當證諸兒童學，否則不合於教育，且欲治教育童話者，不可不自純粹童話入手，此所以於起源及解釋不可不三致意，以求其初步不悞者也。（《兒童文學小論》，里仁影印本，見1982年7月頁18。）

一九三四年前的話，於今猶似如雷貫耳。兒童文學在本質上是兒童的、教育的、心理的、文學的，也是民俗的，只有從多層角度去研究，始能發展成為一門獨立的學科，隨新制師院的設立，盼望各師院能籌設兒童讀物研究室，進而建立完整型態的兒童圖書館。如此，則所謂的「兒童文學」學門自能出現。（本文原是《兒童文學論述選集》的〈前言〉，幼獅文化公司，1989年5月）

# 論我國新時代兒童文學的發展方向

## 一　前言

　　我國新時代的兒童文學發軔於何時？這是個有趣且爭議甚多的問題。有人認為是源於孫毓修編譯的《無貓國》（宣統元年，1909年3月）。他們認為中國兒童文學萌蘖於外國童話移植，而《無貓國》是中國兒童文學誕生的標誌，因此有人稱孫氏為「現代中國童話的祖師」。還有人認為真正的兒童文學是伴隨著「五四」新文化運動才開始發展起來的，並以葉紹鈞的《稻草人》為中國第一篇兒童文學作品。其實，從近代的文獻資料中，我們可以了解：中國近代許多著名的啟蒙思想家都曾留心於兒童文學，且新時代兒童文學的發展亦與通俗文學、國語息息相關。

## 二　兒童文學的發展

　　傳統的古典的中國，近百年來，遭遇到亙古所未有的挑戰，產生了巨大深刻的形變。對中國來說，這是個屈辱的世紀，也是個尋求富強的世紀；這是個失落的世紀，也是個再生的世紀；這是中國傳統解組的世紀，也是中國現代化的世紀。

　　所謂「兒童文學」的出現，即是傳統啟蒙教育的解組。它是整個新文化運動的一環。

　　「兒童文學」一詞，隨著新文學運動在我國出現。它的出現，緣

於教育觀念的改變，以及通俗文學的振興。而教育觀念的改變、通俗文學的振興，又是緣自於光緒二十年（1894）甲午戰爭之慘敗，構成廣泛覺醒之重大關鍵，形成種種思想變化。此一歷史事實，實為衝激思想演變之原始動力。近代文學之巨變，其創意啟念，亦當自此為起始。思想動力總綱，原為力求救已圖存，在此動力推挽之下，於是展開種種思潮之激盪，演為種種之改革論說，文學之工具功用，遂亦成為思考目標之一。

中國近代思想之創生發展，西洋教士啟牖之功不可忽略。甲午戰爭第二年（1895）五月「萬國公報」第七十七卷，英國傳教士傅蘭雅（John Fryer, 1839-1928）具名登徵啟事，徵求通俗小說，當時即標明「時新小說」，以表其功用宗旨。而當時共事者，有沈毓桂、王韜、蔡爾康等人，此為通俗文學振興之濫觴。

光緒二十三、四兩年（1897-1898），為通俗文學之理論建樹與實踐最具創始意義時期。在南方：於人，則有裘廷梁、汪康年、葉瀾、汪鍾霖、曾廣銓、章伯初、章仲和等。於刊物，則有蒙學報、演義報。而裘廷梁因為在上海無所施展，乃回無錫約集同道顧述之、吳蔭階、汪贊卿、丁福保等人，於光緒二十四年創立「白話學會」，同時刊行「無錫白話報」，不久又改為「中國官音白話報」。裘氏為鼓吹推行白話文，乃發表有「論白話為維新之本」之論。在北方，則有嚴復與夏曾佑在天津「國聞報」發布其合撰的「國聞報附印說部緣起」，洋洋萬餘言，是闡明小說價值的第一篇文學。王爾敏先生在〈中國近代知識普及運動與通俗文學之興起〉一文裡，曾綜合當時各家言論分析要點如下：

其一：競存思想。

其二：童蒙教育與平民教育思想。

其三：教材工具之通俗化思想。（以上詳見《中國近代現代史論集》，第22編「新文化運動」，商務印書館，頁11-12。）

　　而後，通俗文學即成為喚醒廣大民眾之手段與工具。

　　中國近代通俗文學之興趣，最有名的先驅人物當然是梁啟超；因此，有人認為近代兒童文學理論的建設，自梁啟超開始。而事實上，自光緒二十一年（1985）至民國二十六年（1937）間，這段通俗文學之興起過程，非但有傳播新思想的功能，亦有助於國語的推行，同時與兒童文學的演進也有相關。

　　在晚清的啟蒙者，雖有通俗教育的概念，卻缺乏可行的工具。商務印書館的《童話》，以中國故事與外國故事為資材。計出三集，共出版一〇二種。該《童話》由孫毓修主編，按兒童的年齡分類。第一集是為七、八歲兒童編的，每篇字數在五千字左右；第二集是為十、十一歲的兒童寫的，字數約在一萬字左右。第三集為鄭振鐸所編（有四種）。其中有七十七種是孫毓修編寫，在當時推行極廣，但文詞仍不夠簡潔流利。

　　一九一六年，國語研究會成立，有識之士主張「言文一致」，要求改國文為國語。一九一七年九月十日在浙江省召開第三屆全國教育聯合會，湖南省教育會代表即向大會提議改國民學校之國文為國語科；並呈請教育部。一九一八年初，國語研究會的國語運動和新文藝運動，鼓吹「言文一致」，報紙雜誌的文章漸漸多用白話；而後小學教科書始漸改用白話。其實，北京「孔德學校」早已率先採用注音字母，並已自編國語課本；而江南幾所小學也得風氣之先，都已自編活頁教材。民國八年，國語統一籌備會召開第一次大會，劉復、周作人、胡適、朱希祖、馬裕藻等人又推出「國語統一進行方法」案。教育部依據全國教育聯合會及國語統一籌備會等機關之決議，因於一九二〇年一月十二日訓令全國各國民學校，自本年秋起，一、二年級的國文改為語體文，並同時咨行各省，飭所屬各校遵辦。而後重視兒童文學的聲浪也隨之日益高漲。

至於「兒童文學」一詞始用於何時，亦是眾說紛紜。馬景賢先生於《兒童文學論著索引》前言裡云：

> 「兒童文學」一詞正式在我國使用，是從民國九年。（見書評書目版，1975年1月，頁1。）

這種說法雖缺乏文獻記載，卻是其來有自。施仁夫為張聖瑜《兒童文學研究》的序文有云：

> 吾國出版界中，兒童讀物以文學名，始於周作人。八年以來，兒童文學之作品，雖已日見增多⋯⋯。（見商務印書館本，1928年。）

該序寫於一九二八年五月三日，所謂「八年以來」亦即指一九二〇年，文章是〈兒童的文學〉一文，該文是周氏於一九二〇年十月二十六日在北平孔德學校的演講題目。又鄭樹森於聯合報一九八五年六月七日的〈文學日誌〉云：

> 一九一二年周作人在六月六日及七日「民興日報」發表〈童話研究〉。此文後來又重刊於一九一三年八月刊行的「教育部編纂處月刊」。該刊九月號發表〈童話略論〉。這兩篇論文可能是中國現代文學史上最早關於童話的專論，前篇且以比較角度闡述中外童話之淵源與異同。

周氏是最先談論兒童文學寫作的人。他有《兒童文學小論》一書，一九三二年由上海兒童書局刊行。該書序文有云：

這裡邊所收的共計十一篇。前四篇都是民國二、三年所作，是用文言寫的。童話略論與研究寫成後沒有地方發表，商務印書館那時出有幾冊世界童話，我略加以批評，心想那邊是未必要的，於是寄給中華書局的中華教育界，信裡說明是奉送的，只希望他送報一年，大約定價是一塊半大洋罷。過了若干天，原稿退回來了，說是不合用。恰巧北京教育部編纂處辦一種月刊，便白送給他刊登了事，也就恕不續做了。後來縣教育會要出刊物，由我編輯，寫了兩篇講童話兒歌的論文，預備補白，不到一年又復改組，我的沉悶的文章不大適合，於是趁此收攤，沉默了有六七年。民國九年北京孔德學報找我講演，纔又來饒舌了一番。就是這第五篇兒童的文學。以下六篇都是十一、二、三年中所寫，從這時候起注意兒童文學的人多起來了。專門研究的人也漸出現，比我這宗「三腳貓」的把戲要強得多，所以以後就不寫下去了。（見里仁影印本，1982年7月，頁2。）

由序文中得知〈兒童略論〉、〈童話研究〉是「民國二、三年」間所寫。文中已有兒童文學的用詞。〈童話略論〉云：

童話者，原人之文學，亦即兒童之文學（見里仁版，1982年7月，頁13）。

又〈童話研究〉云：

綜上所述，足知童話者，幼稚時代之文學（同上，頁36）。

而周氏兒童文學的概念，或源於日本。周氏於〈歌詠兒童的文學〉一文裡云：

　　高島平三郎編、竹久夢二畫的〈歌詠兒童的文學〉，在一九一
　　〇年出版，插在書架上已經有十年以上，近日取出翻閱，覺得
　　仍有新鮮的趣味。全書分作六編，從日本短歌俳句川柳俗謠諺
　　隨筆中，輯錄關於兒童的文章……（見《自己的園地》，里仁
　　版，1982年，頁122。）

原書於一九一〇年出版，而此文寫於一九一三年一月至七月間，可見
周氏閱讀時間。一九一三、一九一四年間所寫的有關兒童文學論述文
章，或受此書之啟示。

　　綜觀以上所述，可知「兒童文學」一詞周氏早在一九一三、一九
一四年間即已採用，並已見之於刊物，是以所謂一九二〇年之說不無
疑問。或謂「兒童文學」一詞自九年起始較廣為流行。

　　至於兒童文學與國小教材接合，則有賴於國語的推行，及教育部
的政令。一九一九年，國語統一籌備會所提「國語統一進行方法」
案，有云：

　　統一國語既然要從小學校入手，就應當把小學校所用的各種課
　　本看作傳布國語的大本營；其中國文一項，尤為重要，如今打
　　算把「國文讀本」改作「國語讀本」，國民學校全用國語不准
　　文言；高等小學酌加文學，仿以國語為主體。「國語」科以外，
　　別種科目的課本，也該一致改用國語編輯。（見《中華民國史
　　事紀要（初稿）》1920年1月12日，中華民國史事紀要編纂委員
　　會編印，1980年9月，頁47。）

　　至一九二〇年，全國教育聯合會擬訂「各科課程綱要」，曾經提
議「小學國語科讀書教材的內容，應以兒童文學為中心。」而後小學

教材已漸漸採故事、兒歌、童話等。[1]

　　民國一九二九年八月，教育部公布「小學課程暫行標準」，其中「國語」科即已重中「讀書」的內容應側重兒童文學，其「目標」第三條有云：

　　　　欣賞相當的兒童文學，以擴充想像、啟發思想、涵養感情，並增長閱讀兒童圖書的興趣。（見《教育雜誌》第21卷第11期，1929年月11，頁129。）

　　而後，國小國語科始以兒童文學為中心。

## 三　兒童讀物的歷史

　　我們相信兒童讀物的產生，是肇始於教育的需要。因此，我們的兒童讀物的歷史，並不僅是止於八十年或一百年。我們不用遺憾古代沒有童話文體，如果我們肯去批閱古書，自會有不可思議的收穫。可是，在我們可見的兒童文學概論書裡，卻不論古代的兒童讀物，甚且認為中國沒有兒童文學。其中，僅吳鼎編著的《兒童文學研究》中有「中國兒童文學撮要」一章，雖僅有二十八頁，卻彌足珍貴。

　　我們知道，從古籍中蒐集兒童故事，編輯成書者，首推明代四明王瑩編輯的《群書類編故事》，該書凡二十四卷（見新興書局《筆記

---

1　由於文獻的不足，所謂全國教育聯合會擬訂「各科課程綱要」原文未見。本文是依據許義宗「我國兒童文學的演進與展望」（見1976年12月自印本，頁6）。又司琦編著《小學課程演進》亦謂「民國九年，教育部乃毅然下令，改國文為國語，並令小學教科書一律改用語體文編輯，並注意兒童文學，此為教學材料上之重大變更（見1971年4月正中版，頁42）。」又據張聖瑜《兒童文學研究》一書附錄「兒童文學教科實況調查」所載，1921年江蘇一師即設有兒童文學的課程（見1928年商務版，頁189）。

小說大觀》三編第三冊，頁1949-2063）。王氏將該書編為十六類，每
類各包含故事若干篇，其材料的來源，包括各類的古籍。這是一部蒐
集豐富的好書。又唐人段成式的《酉陽雜俎》裡，其續集《支諾皋
上》有〈吳洞〉一文（見新興本《筆記小說大觀》九編冊一，頁121-
125；又見漢京版《酉陽雜俎》，頁200-201），其女主角為葉限。葉限
故事的情節，與流行世界各地的「灰姑娘」故事，大同小異。考段成
式是西元九世紀的人（西元?-863年），在西方，第一個將這故事編印
出來的人是法國的貝洛爾（Cherles Pennault, 1628-1703），時間是一六
九七年。關於葉限的故事，民初以來已有多位先輩談論過。認為它是
現存「灰姑娘」故事中最早見於記載的一則童話。試引兩位先輩有關
論述如下：楊憲益先生於〈中國的掃灰娘故事〉一文裡云：

> 這篇故事顯然就是西方的掃灰娘（Cinderella）故事。段成式
> 是西元九世紀人，可是這段故事至遲在九世紀或甚至在八世紀
> 已傳入中國了。篇末說述故事者為邕州人，邕州即今廣西南
> 寧，可見這段故事是由南海傳入中國的。據英人格各斯
> （Marian Rolfe Cox）考證，這故事在歐洲和近東共有三百四
> 十五種大同小異的傳說。可惜這本書現在無法找到，在歐洲最
> 流行的兩種傳說見於十七世紀法人培魯（Penroult）的故事集
> 和十九世紀初年德人格靈姆兄弟（Grimm）的故事集裡。據格
> 靈姆的傳說，這位「掃灰娘」名為 Aschenbrode。Aschenl 一
> 字的意思是「灰」，就是英文的 Ashes，盎格魯薩克遜文的
> Aescen，梵文的 Asan。最有趣的就是在中文本裡，這位姑娘
> 依然名為葉限，顯然是 Aschen 或 Asan 的譯。通行的英文本
> 是由法文轉譯的，其中掃灰娘所穿的鞋是琉璃的，這是因為法
> 文本裡是毛製的鞋（Vair），英譯人誤認為琉璃（Verre）之

故。中文本雖說是金履，然而又說「其輕如毛，履石無聲」，大概原來還是毛製的。（見明文書局《零墨新箋》，頁78-79。）

又蘇樺先生於〈由葉限故事談起〉一文裡，曾有下列五點的看法：

一、「葉限故事」，雖然以見於九世紀唐人段成式（柯古）《酉陽雜俎》的記述最早。但即使僅就段氏原文看，我們也可以斷定它的故事原型，係自域外傳入，具國際性，非屬本土故事。

二、我們想，各型文化及民間傳承的各型故事，其發生源流，或一元、或多元，雖不容易作出定論，這個葉限故事，卻很可能即出自古埃及，於中古期，始由阿拉伯商人傳來中國，而在九世紀由唐人段成式筆錄，收入於他雜碎式的小說《酉陽雜俎》裡，成了世界著名童話中最早見於記載的一則童話。也因此曾被若干國人誤認為中國古童話。

三、這個中國化了的世界著名童話，過去所以較少為國人所注意，那是由於以往我們的兒童教育比較側重經史的傳授，根本上否定童話的價值，也無視小說中存在的這些可貴的資源。

四、從新的教育角度觀察，我願意在這裡建議，倘若國人有意研究中國的兒童文學或中國童話，不妨回過頭來，從我國廣義的小說書裡，去發掘這類寶藏。

五、近來，我們也常見有心人士慨嘆，雖然國內也有不少國人自創的新童話出版，卻較少引起家長的注意以及兒童的喜愛。我想，兒童讀物界有這種現象的存在，原因不止一端，很值得關心和檢討。不過，我也建議，有心從事兒童

文學寫作及童話創作的，也不妨先借用古小說裡可用為童話再創作的素材，模仿法國貝洛爾、德國格林兄弟，以及丹麥安徒生諸人的辦法，給中國古老的童話素材，用童話的技巧予以改寫，使它以新童話的面目出現。看看能不能自此而引起兒童或家長對中國新童話的注意！（見國語日報，1987年5月10日。）

　　總之，我國有優美的文化，自不至於沒有兒童文學。不過由於對兒童教育觀念的不同，在傳統的時代裡，都是以成人為中心。對於兒童，只要求他們學習成人的模式，以為將來生活的準備。這種現象，外國亦復如此。就以西方而言，直到十八世紀以後，兒童文學的創作，才開始以兒童的興趣與教育並重，英人紐伯瑞（John Newbery, 1713-1767）是第一個在他為兒童出版的書頁中，寫上「娛樂」字眼的人。從此，成人承認孩子應享的童年，並在文學上，表現他們那個階段的特質和趣味，進而探討那個階段的生活和思想型態。而我國，在新文化運動之前，各種書籍都是用文言文撰寫，它是屬於雅的教育，也就是所謂士大夫的教育。這種知識分子的士大夫階層，他們所用的傳播媒體（語言、文字）有異於大眾，可是他們卻是主導者。他們認為書籍是載道的。立意須正大，遣詞應典雅，必如此才能供人誦讀而傳之久遠。對於兒童所用之教材，由於「蒙以養正」的觀念，都是以修身、識字為主。百姓送子弟入學，目的亦僅是在認識少許文字，能記帳目；閱讀文告而已。兒童教育的目標既係如此，所以教材以選擇生活所必須的文字，如姓名、物件、用品、氣候等，均為日常生活所不可少者，於是就有所謂「三、百、千」等兒童讀物出現。而所謂的兒童故事，亦僅能附存其間而已。考各國兒童文學的源頭有三：

　　第一個源頭是口傳文學。

第二個源頭是古代典籍。

第三個源頭是歷代啟蒙教材。

就我國兒童文學的發展軌跡而言，二、三兩個源頭，由於教育觀念的不同，以及「雅」教育的獨尊，再加上舊社會解組時期的揚棄，致使在發展的承襲上隱而不顯。就以《伊索寓言》傳入中國為例（寓言，亦有稱偶言、儲說、隱者、譬喻、況義、戒、說、言、志等），明末，伊索傳入中國，譯本稱名為《況義》，由比利時傳教士金尼閣口譯，張賡記錄，選譯二十二則，一六二五年曾刊行於西安，但由於「雅」教育的獨尊，仍是用文言翻譯。

至於口傳文學的源頭，事實上，傳統的中國，由於教育不普及，過去百分之八、九十以上的中國人，都生活在民間的文化傳統之中。他們的教育來自民俗曲藝、戲劇唱本等；他們也許不去唸《三國志》，但他們對《三國演義》就耳熟能詳。民國初期，由於民俗文學教育的推廣，有北大學者在著手收集與整理，目前又有再受重視的趨向。而一九四九年以來，口傳文學幾乎中斷，因此，在臺灣的兒童文學，似不重視口傳的俗文學。

由此可知，在我國兒童文學的發展軌跡，實在是有豐富的源頭，我們不宜妄自菲薄。

## 四　結語

在我國新時代兒童文學的發展上，早期緣於民俗教育的需要與重視，曾有段黃金時代，而後八年抗日，國共對峙，大陸淪陷，以至一九四九年年底，中樞遷臺，其間可說陷入停頓狀態，幾成一片空白。

從一九四九年以來，我們一直很努力的在尋求屬於自己的方向。可是，在升學主義與政策的引導之下，兒童文學的發展仍是非常緩慢

而又閉鎖的。

　　屆此解嚴之際，又適逢一九八七年七月起臺灣區九所師專改制，而兒童文學又列為師院生必修科目。因此，對兒童文學而言，已到了該整理的地步。且幼獅公司又有積極推動「兒童文學選集」計畫。於是，我們參與了這項基本上該做的事。其目的除在嘗試走出整理兒童文學的第一步，更重要的是檢視一九四九年以來臺灣地區兒童文學的成果，以作為未來發展的方向。同時，我們更希望能藉此提供師院生、國小教師和其他有心研究兒童文學者一套好的教材和參考資料。

　　本套選集包括論述、故事、童話、小說、詩歌等五類，其中除論述類由本人編選外，並徵得蘇尚耀（故事類）、洪文瓊（童話類）、洪文珍（小說類）、林武憲（詩歌類）四位先生的同意，參與編選的工作。

　　由於資料蒐集不易，並為集思廣益起見，曾於國語日報、中華民國兒童文學會會訊上刊登消息，請國人推薦優良兒童文學作品，提供主編參考。又為慎重，並議請各師院有關兒童文學授課老師為編審委員，以共襄盛舉。其間亦曾多次召開編選會議，討論有關編選原則。

　　本選集為檢視一九四九年以來，臺灣地區的兒童文學成果，因此，其範圍限定於一九四九年到一九八七年之間，且以臺灣地區的大人創作為主。

　　全書編選方式，以史的發展、作品、作家三者兼顧，亦即以發展為經，作品、作家為緯。各選集並附民國三十八年以來各類參考書目。

　　又本選集未及之寓言、神話、遊記、散文、戲劇、漫畫等類，寄望能有後繼者，以期拋磚引玉之效。

　　本套選集簡陋自是難免，但我們很高興，因為我們已經做了該作的事。（本文原是《兒童文學選集》套書的〈總序〉，幼獅文化公司，1989年5月）

# 文學研究會與兒童文學運動

## 一　前言

　　醞釀時期的兒童文學，還未能擺脫舊文化、舊思想的影響，但是，它緊緊地適應了時代的需要，面對兒童文學是為教育兒童的這一特定的任務，作出了一定的歷史的貢獻。直到提倡科學與民主的五四新文化運動興起，中國的現代兒童文學才不論從形式還是內容，出現了前所未有的變革。五四為它注入了新的血液，顯示出了五四所賦予的嶄新的姿態。從此，中國的現代兒童文學才真正邁開腳步。它作為中國現代文學一個重要的組成部分，為自己的發展，開闢了廣闊的前程，於是有所謂的「兒童文學運動」出現。而所謂的「兒童文學運動」，又與「文學研究會」息息相關。

　　「兒童文學運動」一詞，是朱自清所採用的。朱氏於一九二九年，在清華大學執教編寫「中國新文學研究綱要」時，就獨具慧眼，在「文學研究會」的欄目裡，特別標明了「兒童文學運動」一項。這份「綱要」雖只是一個綱目性的章節提要，尚未形成完整的文字，但從其中我們卻可以看出一個「五四」新文化運動的參加者和早期學者，對「文學研究會」所發起的「兒童文學運動」的特別關注和高度評價。

　　「文學研究會」是中國新文學運動中最早成立的一個新文學團體。它的成立，是五四新文化運動和文學革命深入發展的結果；也標示著新文學運動已經從一般的新文化運動中分離出來，而成為一支獨立的隊伍。

## 二 文學研究會的發起

　　「文學研究會」籌備於一九二〇年十一月，發起者為周作人、朱希祖、耿濟之、鄭振鐸、瞿世英、王統照、沈雁冰、蔣百里、葉紹鈞、郭紹虞、孫伏園、許地山等十二人。一九二一年一月四日，該會在北京中央公園正式宣告成立，推舉鄭振鐸為書記幹事，確定由沈雁冰在上海主編且經過革新的《小說月報》作為代用會刊。魯迅雖沒有正式加入，但他與該會觀點接近，關係密切，並給予很大的支持。在「文學研究會會員錄」上先後登記過的有一百七十二人，主要成員包括朱自清、謝冰心、盧隱、王魯彥、俞平伯、徐玉諾、趙景深、謝六逸、夏丏尊、胡愈之、豐子愷等一大批有影響的作家、詩人、理論家和翻譯家。他們有組織、有綱領、有自己的園地──《小說月報》、《文學旬刊》（後改名《文學周報》）、《詩》月刊，並出版了「文學研究會叢書」一百二十五種，有自己的代表性作家與理論家──沈雁冰、鄭振鐸是該會實際上的理論指導者與兩大臺柱，而葉聖陶、謝冰心、盧隱、王統照、朱自清、許地山、王魯彥等則被視為最能體現文學研究會文藝思想與創作傾向的代表作家。由於文學研究會主張「為人生而藝術」的文藝思想，在反對「文以載道」的封建文學的同時，也反對「鴛鴦蝴蝶派」的遊戲文學和唯美文學的不良傾向，堅持文學「為人生」並要「改良人生」的方向，因而史稱「人生派」。在創作方法上，文學研究會繼承「新青年」的傳統，宣揚現實主義的旗幟，並把現實主義最終推動成為中國現代文學的主導思潮。試引錄「文學研究會宣言」全文如下：

　　　　我們發起這個會，有三種意思，要請大家注意。
　　　　一、是聯絡感情。本來各種會章裡，大抵都有這一項；但在現

代文學界裡，更有特別注重的必要。中國向來有「文人相輕」的風氣；因為現在不但新舊兩派不能協和，便是治新文學的人裡面，也恐因了國別派別的主張，難免將來不生界限。所以我們發起本會，希望大家時常聚會，交換意見，可以互相理解，結成一個文學中心的團體。

二、是增進知識。研究一種學問，本不是一個人關了門可以成功的；至於中國的文學研究，在此刻正是開端，更非互相補助，不容易發達。整理舊文學的人也須應用新的方法，研究新文學的更是專靠外國的資料；但是一個人的見聞及經濟力總是有限，而且此刻在中國要蒐集外國的書籍，更不是容易的事。所以我們發起本會，希望漸漸造成一個公共的圖書館研究室及出版部，助成個人及國民文學的進步。

三、是建立著作工會的基礎。將文藝當作高興時的遊戲或失意時的消遣的時候，現在已經過去了。我們相信文學是一種工作，而且又是於人生很切要的一種工作；治文學的人也當以這事為他終身的事業，正同勞農一樣。所以我們發起本會，希望不但成為普通的一個文學會，還是著作同業的聯合的基本，謀文學工作的發達與鞏固；這雖然是將來的事，但也是我們的一個重要的希望。

因以上的三個理由，我們所以發起本會，希望同志的人們贊成我們的意思，加入本會，賜以教誨，共策進行，幸甚。

（據《中國新文學大系》冊10，史料索引，業強版，頁71-72引。）

## 三　現代兒童文學的先驅

　　一九二一到一九二七年，文學研究會積極活動，日益發展壯大。
是該會的全盛時期。而後隨著政治、社會現狀的改變，該會成員逐漸
走上分化的道路。一九三〇年「左翼作家聯盟」成立後，中國文壇各
個流派出現新的分裂和組合，文學研究會的活動也逐漸減少。一九三
二年一月，在上海「一二八」事變中，作為文學研究會主要陣地的
「小說月報」被迫停刊，該會也就在無形中解體了。文學研究會對中
國現代的一大批熱心兒童文學的作家，在文學研究會的旗幟下，形成
了中國第一支強大而有力的兒童文學隊伍。王泉根在《現代兒童文學
的先驅》一書中，曾從歷史的觀點論其對現代文學與現代兒童文學的
貢獻與地位如下：

　　　　從現代文學的發展歷史考察，文研會所持的文學主張（為人生
　　　而藝術）、創作方法（現實主義）以及貢獻卓著的創作實績，
　　　曾給二十年代的中國文壇以極其深刻的影響，從「五四」文學
　　　革命到三十年代的左聯文學之間，起了一個承前啟後的偉大作
　　　用。從現代兒童文學的發展歷史考察，文研會響應了「五四」
　　　的時代要求，開始了兒童文學的拓荒工作，在二十年代掀起了
　　　一場有聲有色的「兒童文學運動」，以創作為中心並在理論、
　　　翻譯、編輯等幾個方面都作了重大的貢獻，把中國的兒童文學
　　　大大地推向了前進，為三十年代兒童文學的發展開拓了道路。
　　　正如「五四」時期新文學社團的湧現是中國新文學成熟的重要
　　　標誌一樣，二十年代由文研會這樣一個人數最多，影響很大的
　　　新文學社團掀起的「兒童文學運動」，正是中國新兒童文學成
　　　熟的一個重要標誌。文研會在新文學史上活躍的時期，正是中

國的兒童文學興旺發達，突飛猛進的時期。歷史已經為文研會在中國兒童文學史上樹立起了閃光的豐碑。（見上海文藝出版社本，1987年9月，頁11。）

其實，與其說「兒童文學運動」與「文學研究會」息息相關，不如說它是「五四」時代的啟蒙主義者，高舉「民主」與「科學」兩大旗幟，向傳統、封建社會發起猛烈進攻、鼓吹個性解放，要求人格獨立，一時形成洶湧的時代思潮。由陳獨秀、李大釗、胡適等人，在思想文化界和知識青年界中吹響了思想解放運動的號角，魯迅在《狂人日記》（1918）中最先吶喊「救救孩子」。於是「為人生」的文藝思想決定了文學研究會關心兒童、重視兒童文學的必然性，促使他們自覺承擔起「為兒童而藝術」的神聖使命。就在文學研究會籌備之際，該會發起人之一，也是「文學研究會宣言」的起草人周作人，即在《新青年》（1920年12月第8卷第4號）上發表了新文學史上的第一篇系統論述兒童文學的重要文章——〈兒童的文學〉，他熱情鼓吹倡導兒童文學，他說：

> 我希望有熱心的人，結合一個小團體，起手研究，逐漸收集各地歌謠、故事，修訂古書裡的材料，翻譯外國的著作，編成幾部書，供家庭學校的使用，一面又編成兒童用的小冊，用了優美的裝幀，刊印出去，於兒童教育當中有許多的功效。（見《兒童文學小論》，頁80。）

而後，一九二一年三月，在「文學研究會」成立兩個月之際，葉聖陶在《晨報》副刊發表的〈文藝談〉中大聲呼籲：

為最可寶愛的後來者著想，為將來的世界著想，趕緊創作適于
兒童的文藝品，總該刊為重要事件之一。我以為創作這等文藝
品，一、應當將眼光放遠一程；二、對準兒童內發的感情而為
之響應，使益豐富而純美。請略為申說：感情的熏染，其活力
雄于智慧的辯解。所以諄諄詔告不如使其自化。兒童所酷嗜的
文藝品中苟含有更進步的思想，更妙美的情緒，他們于不知不
覺之間受其熏染，已植立了超過他們父母的根基。這不是文藝
家所樂聞而又當引以為己任的麼？兒童既富感情，必有其特
質。文藝家感受其特質，加以藝術的制練，所成作品必且深入
兒童之心。他們如得伴侶，如對心靈，不持固有的情緒不致阻
遏，且將因而更益發展。此何以故？就因為文藝品裡所表現的
就是他們自己的。文藝家于此可以知道不是兒童的心情不足以
為適于兒童的文藝品的材料了。（據《葉聖陶和兒童文學》，頁
439引。）

我們最當注意的還要數到兒童。現在的成人與文學疏遠，實在
是一種莫大的損失。倘若叫兒童依著老路，只是追蹤前人，那
就是全民族的永遠的損失了。所以他們須得改換新路，立定在
新的基礎上。（同上，頁444引。）

是年七月，文學研究會成員嚴既澄在上海國語講習所暑假專修班
上，向來自全國十五省的五百多位教師作了「兒童文學在兒童教育上
之價值」的演講（全文見王泉根《中國現代兒童文學文論選》，頁60-
63），強調「真正的兒童教育，應當首先著重這兒童文學」，呼籲學
校、教育部來重視兒童文學。時隔一年，一九二二年七月，文學研究
會的兩位核心人物沈雁冰與鄭振鐸應邀去浙江寧波暑假教師講習所講
學，鄭振鐸講演了「兒童文學的授教法」（同上，頁212-218），對兒

童文學的性質、作用、特點、原則等作了全面論述。同年一至四月，趙景深與周作人以書信的形式在《晨報》副刊展開了一場「童話討論」，這場討論擴大了童話的地位與影響，糾正了當時文壇對童話的一些錯誤看法。

## 四　兒童文學運動的號角

上述的活動現象，皆與文學研究會「為人生而藝術」的思想完全一致的。這也正是他們發起「兒童文學運動」的重要思想基礎與輿論準備。他們在歷史使命的感召下，以《兒童世界》、《小說月報》為陣地，掀起了一場有聲有色的「兒童文學運動」。

文學研究會掀起「兒童文學運動」並不是偶然的，他們其中的不少人，尤其是發起者和骨幹作家都與兒童文學結下了不解之緣，在加入文學研究會之前就已開始從事兒童文學。有的在出版機構擔任兒童讀物的編輯，有的是小學教師，有的熱心翻譯外國兒童文學，也有的很早就開始研究童話、兒歌。正由於他們同聲相應、同氣相求，有著共同的「為人生」的文學宗旨，與「為後來者」的強烈責任感。因此，當他們集合在文學研究會的旗幟下，自然更能聯絡感情，互相促進，集中力量，推動兒童文學向前發展。作為文學研究會兩大臺柱的茅盾和鄭振鐸，他們先後進入上海商務印書館編譯所，最初擔任的編輯的工作都是負責「童話」叢書，茅盾並編輯過《學生雜誌》、《小說月報》，鄭振鐸更創辦《兒童世界》。茅盾與鄭振鐸的文學道路決定了他們對兒童文學極端熱忱的必然性。王泉根於《現代兒童文學的先驅》一書中，曾說明這支隊伍有四個特點。

第一、人數眾多，陣容整齊。

第二、骨幹重視，卓有實績。

第三、人才濟濟，實力雄厚。

第四、童心不泯，始終開心。（以上詳見頁14-16。）

　　由於鄭振鐸在文學研究會中的重要地位與影響，他實際上已成了該社團「兒童文學運動」的直接發起者與組織者。這一「運動」集中體現在鄭振鐸組織的三次重要文學活動中（詳見蔣風主編：《中國現代兒童文學史》，河北少年兒童出版社，1986年6月，頁56-59），試分述如下：

　　第一次重要的文學活動是一九二二年《兒童世界》的創刊。該刊第一年由鄭振鐸主編，他緊緊依靠文學研究會同仁的全力支持，向他們拉稿，一至四卷共五十二期的絕大多數作品均由文學研究會成員撰寫。

　　鄭振鐸主編的《兒童世界》，由於有文學研究會作家作後盾，一掃過去兒童刊物成人化、質量低的弊端，以其嶄新的內容、多樣化的形式、生動活潑的版面贏得了小讀者的廣泛歡迎，不但風行全國，而且流傳日本、新加坡等地，達到了二〇年代初期兒童刊物從未有過的興旺局面。

　　一九二三年，鄭振鐸接編《小說月報》以後，該刊調整版面，使兒童文學進一步得到增強，尤其是從十五卷第一期（1924）起，專為孩子們開闢了「兒童文學」專欄，這是文學研究會「兒童文學運動」的第二方面的重要活動。

　　《小說月報》開闢《兒童文學》專欄後，除大量刊載外國兒童文學作品外，並重視發表兒童生活題材的創作作品，介紹海外兒童文學信息資料，同時在各種專號裡也不忘給兒童文學提供席位。

　　文學研究會「兒童文學運動」第三方面影響較大的活動是一九二

五年《小說月報》八、九兩期出刊《安徒生號》。文學研究會以特殊
規格，大規模地介紹一位兒童文學作家，這在中國文學史上是史無前
例的。從此，安徒生的名字與童話得以在中國家喻戶曉。

這場「兒童文學運動」，除了直接體現在刊物、叢書上的文學實
績外；還體現在社團成員一系列倡導兒童文學的其他活動中。這種高
度關切年幼一代的精神與行動具體顯現了「兒童文學運動」多方面的
實踐與聲勢。

## 五　結語

文學研究會十分重視外國文學的研究與譯介。向外國兒童文學學
習，這是中國現代兒童文學脫離原先傳統的封閉性體系走向成熟、走
向現代化的一個重要因素。又文學研究會的兒童文學創作更是碩果累
累，他們在童話、兒歌、童詩、兒童散文、兒童小說、兒童戲劇、幼
兒文學等領域都作出了篳路藍縷的貢獻，產生了自己的代表性作家與
代表性作品，顯現了「兒童文學運動」的巨大實績。

蔣風在所主編的《中國現代兒童文學史》一書中，對文學研究會
在「兒童文學」方面的貢獻，有如下的結語：

> 「為人生」的文學主張，「寫實主義」的創作方法，加上對民
> 族傳統的繼承和對外國兒童文學的借鑒，使文學研究會諸作家
> 的兒童文學創作形成了大體一致的風格流派，有著自己鮮明的
> 特色。他們的作品比較注重對兒童的思想教育與真善美的教
> 育；注重立足現實，直面人生，或折光地反映人生；注重兒童
> 文學讀者對象的特殊性與兒童情趣，題材多樣，體裁多樣，手
> 法多變，語言深入淺出等方面。但由于強調表現人生，主張

「把成人的悲哀顯示給兒童」，使有的作品太重實感而不重想像，有的作品對兒童的生活經驗與理解能力把握不準，因而削弱了對小讀者的影響作用。這說明兒童文學要真正服務兒童、滿足兒童，是多麼不易。盡管如此，文學研究會作家在兒童文學創作方面的實績無疑是巨大的，為二十年代任何一個文學社團望塵莫及的。正是依靠了他們卓著的創作成果，才構成了二十年代小百花園地的繁榮景象，徹底結束了中國兒童文學消極地依賴、模仿外國兒童文學的歷史，並創了完全由本國的作家獨創兒童文學的新時代。

「五四」以後的中國兒童文學，在新文學運動的推動下，以文學研究會的「兒童文學運動」為中心，得到了蓬蓬勃勃的發展，為以後三、四〇年代的發揚光大奠定了堅實的基礎。（見頁65。）

# 臺灣圖畫書一路走來

## 一　前言

　　一九五三年臺灣教育廳推出《小學生畫刊》，是圖畫書在臺灣發展的一塊敲門磚，宣示著以「圖」為主的時代，即將緩慢萌芽，一直到八〇年代，民間出版社的力量加大，逐漸取代官方主導的出版系統，然後……。

　　由於受到政治、經濟、觀念、教育、印刷技術、創作人才等各方面因素的影響，兒童文學在臺灣的發展是緩慢而閉鎖的，甚至是殖民文化。

　　臺灣圖畫書直到八〇年代才有較為成熟的發展環境：家長對於圖畫書的接受度提高，也有足夠的購買力，幼兒教育日受重視，印刷、裝訂技術進步，加上一九八七年解嚴，社會各方面的轉型，更促進圖畫書的發展。本文擬以圖畫書為例，說明其發展，並略抒己見。

## 二　官方系統：從《小學生畫刊》到「中華兒童叢書」

　　一九五一年三月，在當時臺灣教育廳廳長陳雪屏指示下，推出了《小學生》雜誌；內容以文章、故事為主。隔兩年，繼續推出以低年級為對象，內容著重圖像精印的《小學生畫刊》。

　　由於屬官方系統，《小學生畫刊》在內容上大多配合政策走向，

編排上也較為傳統、呆板，但是在大多是黑白印刷的環境條件下，《小學生畫刊》能克服環境限制，採文圖並重、全彩印刷，在當時雜誌中是十分少見的。這一份色彩繽紛、以「圖」為主的刊物發行，不啻是圖畫書在臺灣發展的一塊敲門磚，宣示著以「圖」為主的讀物時代即將開始，而其普及程度，也便「圖」漸為人們所接受。

在《小學生畫刊》克難的以彩色印刷了十一年後（1964），聯合國教育科學文化組織為協助臺灣發展國民教育，由聯合國兒童基金會提撥一百萬美金，與教育廳共同推動四項五年計畫，其中兒童讀物出版計畫，獲撥五十萬美金，由臺灣省政府教育廳配合，向全省學童徵收兒童讀物費，設置兒童讀物出版資金管理委員會，並成立兒童讀物編輯小組。同年八月起開始編印「中華兒童叢書」，一九六五年九月出版了《我要大公雞》等第一批「中華兒童叢書」。

從《小學生畫刊》到「中華兒童叢書」，以官方系統出版單位為主導，將「圖畫」逐漸帶入臺灣的兒童讀物出版市場。一直到八〇年代以後，民間出版社的力量加大，圖文並茂的精美印刷，輔以強大的宣導攻勢，官方出版系統才逐漸被取代。

值得一提的是，在這樣的情況下，由於「中華兒童叢書」出版的讀物，不斷挖掘創作人才，逐漸培養出臺灣第一批的兒童插畫人才，如第一期（1965-1970）插畫家便有趙國宗、張悅珍、周春江、龍思良、曹俊彥……等。而之後陸續出版的每一期，更培養出許多新的創作人才，還有許多原本從事純藝術創作的藝術家如吳昊、席德進，從事連環圖畫（漫畫）創作的劉興欽、陳海虹等也加入兒童讀物的插畫創作行列。

這批由「中華兒童叢書」所培育出來的圖畫創作人才如趙國宗、洪義男、呂游銘、鄭明進等除了持續在「中華兒童叢書」發表創作外，還長期投入兒童圖畫書的創作行列，他們在創作編輯等方面的表現，也影響著日後臺灣圖畫書的發展。

## 三　民間力量覺醒：創設圖畫書創作獎

　　進入七〇年代以後，由於臺灣整體經濟環境的改變，使民間出版社陸續加入圖畫書的出版市場。八〇年代後期的童書出版，更形成百家爭鳴的盛況，尤其是投入圖畫書出版的出版社數量大增，取代了官方主導兒童讀物出版的地位。不同於官方系統的作風，這些出版社設立圖畫書創作獎項，並利用座談會、書籍銷售、編輯精選圖畫書等方式，開創臺灣兒童文學的天空。其中尤以圖畫書創作獎最為重要。

　　一九七四年四月四日，鑒於國內缺乏具有代表性的兒童讀物，財團法人洪建全教育文化基金會創設了「洪建全兒童文學創作獎」，首創臺灣推動兒童文學創作的獎項。

　　「洪建全兒童文學創作獎」舉辦了十八年，逐年徵獎、培育人才及出版圖書，終於使以「圖」為主的兒童讀物被人們重視肯定。繼洪建全基金會首開先河，帶起臺灣兒童文學創作熱潮，信誼基金會也在其後設立「學前教育研究發展中心」，開始投入兒童文學出版及活動，並於一九八七年一月成立籌設委員會，創設了「信誼幼兒文學獎」。其後，「陳國政兒童文學獎」、「國語日報兒童文學牧笛獎」陸續創辦。

　　七〇年代臺灣的童詩熱潮，到八〇年代中後期，可以說已完全被幼兒文學熱潮所取代。這股熱潮一直到九〇年代仍未止歇，而熱潮所及，使臺灣兒童文學作家、插畫家，很少不捲入幼兒文學創作。

　　九〇年代以後，政府機構配合宣導，亦常有採圖書形式出版，且與民間出版社合作。如農委會的「自然生態保育叢書」、「田園之春叢書」，是與國語日報合作。文建會策畫出版「兒童文化資產叢書」，是交由雄獅圖書股份有限公司製作發行。「臺灣兒童圖畫書」，則是與青林國際出版股份有限公司合作出版。

在翻譯圖畫書當道的九〇年代，這些書的出版，不僅給了小讀者一個「中華兒童叢書」以外，接觸「臺灣」的機會，也給本土創作者一片發揮的園地。

## 四　國際效應：翻譯書及套書的直銷

臺灣早期兒童文學作品以翻譯、改寫為大宗，但以故事、小說、童話等「文字」方面的經典名著為主。直到一九六五年，國語日報出版「世界兒童文學名著」，開始有計畫的編輯歐美的兒童讀物，正式導入外國兒童讀物。而此計畫更讓有心從事兒童讀物編寫工作者，能夠吸收一些心得、寫作觀念和技巧，進而提升國內兒童讀物的寫作水準。

不過出版社套書形式的考量，加上當時國內對圖畫書的認知不足，遂將所有書籍裁切為同一開數出版，一律採用十六開本印製，改變了原繪本重要的文圖配置關係，這些開數互異的書籍，成為統一的模樣，不僅對創作者表現，甚至對讀者視覺上都是一種扭曲。

一九八四年，漢聲出版社開始出版「漢聲精選世界最佳兒童圖畫書」。漢聲以原尺寸發行，套書中有許多優秀的日本、歐美圖畫書作品，長短不一的圖畫書，讓創作者所用心於畫面、版面的各種設計，都能真實傳達給讀者，對於一直以「制式」出版品為主的臺灣而言，是出版，也是閱讀上的一項嘗試。

而後一九八七年七月十五日臺灣解除戒嚴，政治的鬆綁，促使經濟、文化等社會各層面都起了變化。九〇年代以後的臺灣圖畫書，在發展上，各種國際活動、出版品的影響力，達於鼎盛。

一九九二年由遠流出版事業股份有限公司所規劃的「繪本童話中國」叢書，共三十冊，結合世界傑出的華人圖畫書藝術家，精選中國

各民族代表性故事，在故事上精密編寫，在風格上追求完美，這一套為中國孩子製作的童話經典，為中文世界兒童書，注入一股新生命。此外，遠流出版事業股份有限公司還出版一套「兒童的臺灣」，內容是臺灣的風土民俗、臺灣的民間故事和臺灣的歷史漫畫。

　　一九九三年由郝廣才先生創立格林文化事業股份有限公司，其出版的「新世紀童話繪本」是臺灣出版史上，第一次還在製作編輯中的兒童書，就能賣出多國的外文版權，並獲得多項國際兒童書大獎。此外，郝廣才於一九九六年擔任「波隆那國際兒童書展」的評審，也是有史以來最年輕的亞洲評審。格林出版的方向以翻譯國外圖畫書為主，除了將國外優良作品帶給國人，也將臺灣的圖畫書創作人才推向國際。

　　所謂國際交流的效應，遂使得臺灣圖畫書幾乎成為翻譯與套書直銷的天下。

## 五　未來展望：重現臺灣主體的圖像

　　圖畫書是閱讀的新主流，不但是孩子需要與喜歡，更是成人的新歡與最愛。或謂新世紀的兒童文學觀：解放兒童的文學；教育成人的文學。

　　圖畫書無疑是成人給小孩的一份禮物，對他們文字識讀能力限制下的體貼，讓他們能愉悅的進入文學與視覺藝術。而成人之所以沈迷在圖畫書中，享受美妙的滋味，因為有些畫有助於理解兒童、教導兒童，有些書在輕鬆、有趣、易懂、優美的特質下，具有引人深思的蘊涵，而有些書則提供了成人一個觀察自己的角度，一個反思的起點。有些書在豐富的圖像語言中，提供了成人讀圖、解碼的快意與滿足，更多成人希望在忙裡偷閒時，能享受一個完整的藝術形式──簡單的

文學和圖像的敘事組合，文圖合作帶給讀者視覺與心靈的饗宴，這是大人閱讀圖畫書的樂趣。

總之，圖畫書因為有圖，提供的是一種不同於其他說故事形式的樂趣；圖畫書同樣也因為包含文學，所以提供的樂趣不同於其他形式的視覺藝術。申言之，閱讀圖畫書的樂趣，就在於我們感受到圖畫作家，是如何利用文字與圖畫的差異來表現故事。如今，圖像族的 e 世代，更是容易被視覺意象所吸引。

而臺灣的兒童文學，在八〇年代後更為圖畫書所取代，但其龐大的隊伍是凌亂的。出版、銷售量雖大，卻因翻譯及套書直銷的風行，使臺灣圖畫書生態呈現不平衡的發展，不但壓縮了臺灣創作者的生存空間，還迷思了臺灣的主體性與自主性。

圖畫書之於兒童，是喜歡、是需要。對兒童而言，閱讀是本能、是遊戲，只要可以舞動、品嚐、觸摸、傾聽、觀察，並且感覺周遭的各種訊息，孩子們幾乎沒有任何學不會的事情。因此，兒童的閱讀，其關鍵是在於有協助能力的大人。

臺灣的圖畫書如何去除霸權文化、殖民文化的支配，重現臺灣的主體性與自主性。這是有協助能力的大人該有的文化理想，否則所謂的文化傳承與共同記憶，亦只是另一則失去的記憶而已。

# 臺灣兒童文學的翻譯

## 一 前言

吳鼎在編著的《兒童文學研究》〈自序〉有云：

> 對於研究兒童文學的方法，提供四個方面：第一個方面是「蒐
> 集」，我說明蒐集的方向和方法，並提出嚴格的審擇；第二個
> 方面是「譯述」，我說明改譯本國文言為語體的方法，翻譯外
> 國文為中文的方法，並提出譯述的注意事項；第三方面是「改
> 編」，我介紹改長篇為短篇，改短篇為長篇，改散文為韻文，改
> 韻文為散文等各種方法和要點；第四個方面是「創作」，我說
> 明字彙、取材、技巧、批評各要項，對於技巧，我提出主旨、
> 結構、想像和表現的各種方法。我以為一種優良的兒童文學產
> 生，這幾種方法是研究者必經的途徑，青年學生研究兒童文學，
> 能把握這四種方法，按部就班的研究，方法是不會錯誤的。
> （見臺灣教育輔導月刊社，壹再版，頁自序，1969年10月。）

其實，所謂的「研究兒童文學的方法，提供四個方面」，或「兒
童文學的產生」，即是指兒童文學的再製。本文「**翻譯**」，就其文類而
言，是指文學作品；就其語文說，是指外文**翻譯**為中文的語體；就形
式而言，則兼指改寫本。

## 二　臺灣兒童文學讀物的背景

中國新時代兒童文學的發展上，早期緣於民俗教育的需要與重現，當時許多啟蒙思想家都留心於兒童文學，且新時代兒童文學的發展亦與通俗教育、國語息息相關，曾有段黃金時代，而後八年抗日，臺灣光復，國共對峙，而後國民黨政府遷臺，其間可說陷入停頓狀態。

臺灣在光復前，知識界對兒童文學並不陌生。日本的兒童文學活躍在小學裡，日本的兒童讀物活躍在書店、圖書館和家庭的書房裡。古代典籍，口傳文學（兒歌、民間故事、啟蒙教材）仍流傳於民間或知識界。當年中國大陸兒童文學的迅速發展，臺灣的知識界也有相當的認識。

因此，臺灣光復以來兒童文學的資源，除中國（含臺灣特有者）的古代典籍、口傳文學與啟蒙教材外，並有日本、中國大陸和外來翻譯作品。

臺灣的兒童讀物市場，屬於「自給的小市場」型態。小市場本來不適合發展出版事業，對早期兒童讀物的出版更不相宜。申言之，一般說來，自由經濟的社會，其自由經濟基本定律是生產取決於市場需要（供需原則）。而兒童文學的生命寄託所在的兒童圖書或期刊，是性質非常特殊的產品。一方面它的購買決定者常不是消費使用者；一方面它並不是生活必需品。也因為兒童圖書期刊具有這樣的屬性，使得它處於消費的周邊，通常是大人有經濟餘力，才會考慮到它的消費。

因此，一個民間經濟不發達的社會，兒童圖書市場是難以活絡的。兒童圖書市場不活絡，也就等於兒童文學創作無路。無出路，好的人才自然不會投入。臺灣兒童文學早期主要帶動力量在官方系統，道理也是在此。

相對於官方的民間，雖然有熱情或資金，但是他們仍認為「翻譯

→改寫→創作是兒童讀物發展的三個階段，在尚未能夠從事完全創作以前，引進國外先進國家的兒童讀物，提供給國內的兒童欣賞，未嘗不是功德一件。」（見邱各容：《（1945-1989）兒童文學史料初稿》，頁86-87。）因此，臺灣兒童讀物的出版，外來翻譯一直是主流的出版。

## 三 臺灣兒童文學讀物的翻譯現象

臺灣兒童文學的萌芽，猶如中國新時代兒童文學的萌芽。雖然受到歐洲兒童文學影響最大，但是這種影響最初卻是由日本出版界「轉口輸入」，直接由歐洲輸入的比較少。光復以來到一九七〇年，雖然臺灣極力去日本建立中國化的認同，然而，日本兒童文學對臺灣兒童文學的影響依然存在。

二次世界大戰之後，強盛的美國成為全人類矚目的新典範。美國的兒童文學，也對世界各國產生很大的影響力。透過翻譯，也為臺灣兒童文學發展引進了新資源。

林良在〈臺灣地區四十五年以來兒童文學發展（1945-1990）〉一文中認為：

> 本世紀六十年前後，是翻譯的鼎盛期，翻譯對象以美國的兒童文學作品為主。其他國家的兒童文學作品並不是完全忽略，但是數量卻很少。
>
> 這個兒童文學的「翻譯運動」，特色是擺脫過去由日本「轉口輸入」的型態，開創了直接由作品原文翻譯的新風氣。（見《西元1945～1990年華文兒童文學小史》，頁3。）

其實，所謂的翻譯運動，或許要到一九八四年，英文漢聲出版有限公司出版「漢聲精選世界最佳兒童圖畫書」，才開始踏上較有尊嚴的翻譯之途。

一九九二年六月十日總統令修正公布《著作權法》全文改修，而無翻譯版權書的延長期限一九九四年六月十二日，又國家圖書館於一九八九年七月正式在臺灣地區實施國際標準書號制度（ISBN），並於一九九○年二月成立「中華民國臺灣地區國際標準書號中心」。如此尊重著作權，有助於讀物品質的提高，及取材上有國際化走向，並容易引發「多元文化」潮流的來臨。

有關臺灣地區兒童文學翻譯本之研究，首推鄭雪玫主持《1945-1992年臺灣地區外國兒童文學讀物文學類作品中文譯本調查研究》計畫成果報告書，其成果報告有結論十三項，是引錄如下：

（一）出版量：

總出版量至少在6403本（種）以上；1977、1988年是兩分水嶺年代；第五斷代（1988-1992）是飛躍成長期。

（二）類別分布：

童話類最多，其次是少年小說，最少的是詩歌；除第一斷代少年小說領先外，其餘各斷代均是童話最多。

（三）適用對象：

最多的是學齡兒童適用的，占一半以上；最少的是少年讀物；幼兒讀物發展較遲，但成長快速。

（四）版權項交代：

以「譯」字眼標示並冠個人名字的不到白分之五十，且未隨時代進展而成長；原著書名三分之二未交代；原著作、繪者近三分之一未交代；有交代作者的遠勝過於有交代繪著的（2.1

倍）；國內出版兒文中譯本仍是喜歡採用原插圖（採用原插圖約為國人改繪的7.9倍）；另原著出版社約有七成未交代；總括地說，第五斷代是版權意識高漲的年代。

（五）ISBN 標示：

1988年開始受到重視，到1992年普及達97.6%。

（六）版式：

開本採用最多的是菊16開和全32開；小型版本早期占絕大多數，大型版本在第五斷帶有躍增趨勢；封面印刷差不多全是彩色；內頁印刷到第五斷代才超過百分之五十；裝訂七成是平裝；頁數以50頁以下居多；有目錄頁的多過無目錄頁的；補充資料以正式內頁加附的居多，配附資料以親子手冊較多，但不普遍。

（七）譯作創作能量：

平均譯作量3.08本，但「生手」比例偏高，占58.4%。

（八）內容類別與適用對象的關係：

少年適用的，以「少年小說」居多，幼兒則童話較多，另其他類、詩歌類也是以幼兒適用的居多。

（九）內容類別與版式的關係：

大型版本以童話類居多，小型版本則是少年小說居多；封面印刷採用彩色與否跟類別無關，但內頁印刷，少年小說採用單色接多；少年小說偏向採用平裝本，詩歌類偏向採用精裝本；詩歌類、其他類無目錄頁偏高；無加附補充資料的以童話最多。

（十）版權頁與內容類別的關係：

各類譯者項、原著書名、原著作、繪者、原著出版社暨出版年代，未交代清楚的均比交代清楚的多；而版權項各項的標示與內容類別也存在著關聯性。

（十一）版權項交代與適用對象的關係：

譯者項交代清楚的，以少年是適用的占的比例最高；原著書名無交代的，幼兒讀物比少年讀物多；用原文交代原著作、繪著，幼兒讀物最高，少年讀物偏低，而且少年讀物比較不重視插繪者的交代；原著出版社、出版年代有交代的，幼兒讀物比少年讀物高；版權項各項都交代清楚的，幼兒讀物最多。

（十二）適用對象與版式的關係：

小開本以少年讀物居多，兒童、幼兒讀物則偏向中型開本；封面印刷幾乎都是彩色，內頁單色，以少年讀物為多，幼兒讀物則偏向彩色；頁數幼兒讀物多在50頁以下，少年讀物則多在100頁以上。

（十三）對象與對象標示的關係：

直接標示年齡的以幼兒讀物較多；無標示的，以兒童適用的占的比例最高。（以上詳見頁93-100。）

　　六〇年代的東方出版社、國語日報社、光復書局皆以翻譯為主，且皆缺乏版權的觀念，甚至如七〇年代鼎盛有名的純文學出版社，在出版的《兒童讀物》、《少年讀物》系列亦缺乏版權的觀念。

　　國語日報出版部當時出版的翻譯系列有《世界兒童文學名著》、《給兒童改寫的世界名著》、《少年非小說選集》、《真實故事選集》、《兒童文學選作選》、《文學傑作選》、《兒童文學小說選》、《兒童文學故事選》、《文學故事選》、《世界兒童短篇故事選集》。

　　東方出版社於一九五九年，即由游彌堅主編《東方少年文學》，其後有《兒童文學名著》、《亞森羅蘋全集》、《福爾摩斯全集》。東方出版社與國語日報出版社是當時（六〇至八〇年代）執童書出版的兩大牛耳。

鄭雪玫並針對調查研究所發現的結果與缺失,提出建議如下:

（一）迅速成立兒童文學資料中心。

（二）統一規範兒童圖書分類與書目編輯作業。

（三）譯名統一規範問題。

（四）應多有系統介經典名著。

（五）出版社應善盡告知責任。

（六）擴大兒童讀物中譯本的研究。（同上,詳見頁101-103。）

　　申言之,一九八七年臺灣解除戒嚴,並開放大陸探親,一九八八年報禁解除,一九九〇年由李登輝當選總統,可說臺灣是正式告別舊社會的里程碑,也是社會體制重構的時代。洪文瓊認為「如此時代大環境,深深影響臺灣的文化出版事業,特別是在時代脈動息息相關的童書出版上。」洪氏認為九〇年中後期,臺灣童書出版邁向更多元、國際化、本土化與視聽化,基本上即是受到臺灣內外社會大環境的影響。（洪文瓊:〈90年代中後期臺灣童書出版境管窺〉,《出版界》第54期,頁31-34。）個人於《兒童文學選集1988-1998》〈總序〉裡,則將洪氏多元化、國際化,本土化與視聽化用多元涵攝之,所謂多元化,正是多元共生與眾生喧嘩的勢態,這種多元化現象置之於翻譯亦無不可,是引錄如下:

　　（一）內容類型的多元:
　　由於文化霸權、後殖民論述以及環保意識等觀念的抬頭,環保與本土鄉土圖書有了明顯的增加與重視。又由於社會的多元化,藝能類（音樂、體育、美術）、宗教童書也一一呈現。

（二）出版媒介類型的多元：

一九九四年德國法蘭克福書展，電子書首次以打破傳統國別的分類法進駐主題區，不啻宣告了「後書本時代」（Post-book Age）的來臨。電子書改變了閱讀快感──直接、強烈、短暫──掀起了認知的革命，加速與催化了圖像族的出現。這種出版媒介的電子化與視聽化，乃是世界共通性的問題。傳統閱讀偏重文字，隨著傳播科技的進步，傳播信息的媒介不限於文字印刷。於是童書呈現視聽化的趨勢，尤其是電子書，在九○年代中後期，更成為童書的新寵。

（三）文體類型的多元：

童書的消費市場，亦反映在文體類型上的多元。如散文、繪本、小說，非但數量有明顯增加，且亦已形成了氣候。尤其是繪本，更成為九○年代的主流文類。

（四）刊物類型的多元：

解嚴初期，期刊報紙曾有短期的繽紛，而後則以幼兒、漫畫等期刊為主流，且漸趨專類化與視聽化之途。

（五）稿源類型的多元

由於社會多元化，資訊流通快速，以及著作權法的實施（1992年6月起），從出版社開拓稿源的層面來看，臺灣童書國際化走向有增強且多元的趨勢。1988年以後，不再像以往大部分以美、日作品為主，德、法、義大利、加拿大、蘇俄等國家的作品，都已不斷在臺灣出現。而大陸的兒童文學作品，更是大量被引進臺灣。（見《擺盪在感性與理性之間》，頁6-7。）

個人自二○○○年起，開始彙集翻譯書目（目前圖書書仍未收錄），又嚴淑女依據二○○○年翻譯書目撰有〈2000年臺灣地區文學

類童書翻譯出版現象之觀察〉一文（見《兒童文學學刊》第5期，頁
114-134），該文有以下的現象觀察：

（一）多元化
    1.內容類型的多元。
    2.多國文化現象。
    3.多元的文類。
    4.出版社的多元。
（二）經典童書的持續翻譯
（三）《格林童話》的原貌
（四）2000年最暢銷的兒童書——《哈利波特》。（同上，詳見
    117-125。）

嚴氏更將這些現象加以分析，得知下列事實：

（一）得獎作品成為譯介的指標之一。
（二）多元的內容類型反映社會問題。
（三）臺灣童書國際化的走向。
（四）更多翻譯專業人才的投入。
（五）長篇小說再度受到重視。
（六）行銷策略與傳播媒體的運用。
（七）口袋書受到矚目。
（八）本土創作數量持續增加。
（九）經典作品目標的擴大。（同上，詳見125-130。）

## 四　結語

　　臺灣兒童文學的翻譯現象，以邁入多元共生的時代，再加上二〇〇二年加入WTO，所謂童書出版更推向市場指向，雖然多元開放，但就兒童文學而言，仍有本土化與國際化之爭。這種爭執主要是對殖民文化的反動，因此，它也是一種自然的趨勢。每個人都將成為世界公民，但在同時又不能失去根本源頭的認同，每個人都必須在所處的國家與社區拌演積極參與的角色。我們雖然要邁入國際化，但相對的，地方化、區域化的觀念愈來愈受到重視。國際化和地方本土化到底如何去化除緊張，亦是不可避免的事實。

　　其實，本土化、國際化，皆不悖離多元化。所謂多元化、本土化的主張，不是口號，是趨勢。就童書翻譯而言，無論產官學，皆宜積極培養翻譯人才，宜應有計畫性的引進翻譯童書。如此，自能有主體性與自主題。能有主體性與自主性，自有立足處，能有立足處，自能放眼天下，與世界各國並立。

# 參考書目

## 一

「1945-1992年臺灣地區外國兒童讀物文學類作品中譯本調查研究」
　　　計畫主持人：鄭雪玫　臺北市　國立中央圖書館臺灣分館
　　　1993年6月

吳鼎編著　《兒童文學研究》　臺北市　臺灣教育輔導月刊社　1970
　　　年10月　臺再版

邱各容　《兒童文學史料（1945-1989）》初稿　臺北市　富春文化事
　　　業公司　2001年12月　一版三刷

洪文瓊策畫主編　《（1945-1990）華文兒童文學小史》　臺北市　中
　　　華民國兒童文學學會　1991年5月

洪文瓊編著　《臺灣兒童文學手冊》　臺北市　傳文文化事業公司
　　　1999年8月

劉鳳芯主編　《擺盪在感性與理性之間》　臺北市　幼獅文化事業公
　　　司　2000年6月

《臺灣童書翻譯專刊》　《兒童文學學刊》第4期　臺北市　天衛文
　　　化圖書公司　2000年11月

## 二

洪文瓊　〈90年代中後期臺灣童書出版環境管窺〉　《出版界》　第
　　　54期　1998年5月　頁31-34

嚴淑女　〈2000年臺灣地區文學類童書翻譯出版現象之觀察〉　《兒
　　　童文學學刊》第5期　2001年5月　頁114-134

# 共同記憶的民間故事

## 一　前言

> 書閤起來的時候，裡面不知道有什麼東西。唔！我當然知道裡
> 面印滿了文字！可是一定還有什麼特別的東西。因為每次一打
> 開書，就會有一個故事，……，而你當然只有去讀才能找到它
> 們。──麥克・安迪《說不完的故事》（Michael Ende, *The
> Neverending Story*）

　　我們透過文字，閱讀故事；識字之前，由父母口說，將故事反覆
記憶。故事，對我們而言，就像提供溫飽的三餐日糧，一旦匱乏，自
然精神貧瘠，惶恐不安。

　　究竟故事從何而來？對於這個問題最為合理的假設或許是：故事
係出於人的好奇。因為人類好奇生命的源起和世界的形成，所以發明
了神話故事；因為人類好奇過去事件的演變與未來事情的進展，所以
發明了史實傳說及各式各樣的虛構作品；因為人類好奇發生在生活周
遭難以名狀的事物，所以發明了一套有始有終的說法來作為解釋。

　　聽到了這些說法，我們可能表示贊同，於是照本宣科講述給其他
人聽；也可能懷疑，所以隨興修改，提出自認合理的解釋對他人轉
述；在文字符號發明之前，這種口耳相傳、訛造變異的方式，就是故
事最初的流播形式。

　　我們把這種流傳在街坊市井、集體講唱的創作稱之為「民間文

學」或「俗文學」，這個名詞和「印刷書面文學」相對不同。在沒有
文字或雖有文字但應用未臻發達的民族，常發揮其智力於故事、歌
謠、諺語、謎語等方面；而這種口頭的創作，是一種「民族的智慧」
或「民眾的知識」的積累與展現，當然也是一門可供研究的學問。在
西方的學術用語上稱為「民俗學」（Folklore），是一種研究「大眾」
文化的科學，涉及的領域很廣泛，常被視為人類學、社會學、文學或
史學的分支，這也顯示這種來自無名大眾的集體述作所蘊含的價值相
當豐富而多元。

## 二　屬於庶民的共同記憶

　　「民間故事」在民俗學裡是一個範圍相當廣泛的類別，廣義而
言，係泛指民間文學中一切散文故事，也有人稱之為「故事」或「傳
襲的故事」，包括神話、傳說、民譚等故事體；而狹義來說，民間故
事指的是民譚，是專供消遣娛樂的故事。進一步將神話、傳說、民間
故事加以區分的話，我們可以簡單歸納一下民間故事的特色：

　　　一、主角是平凡的庶民百姓，沒有確實特定的姓名，可能是張
　　　　　三、李四，或者只是有一個人。
　　　二、題材多來自民間日常生活情境，也有的取材神話或傳說加
　　　　　以俗化。
　　　三、因為生活情境的類似，或者同一個神話、傳說的運用使得
　　　　　同一類型的故事，在不同的地方流傳。這些同一類型的故
　　　　　事可能在人物、背景、事件等情節要素上小異，主題思想
　　　　　則恆常不變。（江寶釵：《從民間文學到古小說》，麗文文
　　　　　化事業公司，1999年1月，頁114。）

　　雖然民間故事是專供消遣娛樂的故事，但是卻有其歷史文化價值；因為這些故事的背景往往反映出當時的實際社會狀況，可以透過故事了解各地的風俗習慣、道德法律以及信仰禁忌等等面向。簡單的說，民間故事本身既是一個歷史過程，又是一種現實的即時表達，藉由生動鮮活的形式來表現傳統的存在。這種傳統的存在是一種實實在在的文化，是一種地域文化，鄉土屬性的地域文化；而這種文化從來就不封閉、不孤立，其表現的文化成分相當複雜；它是庶民文化的源頭活水，也是庶民的共同記憶。

## 三　以閱讀故事召喚記憶

　　如今，時代變了，社會結構也不同，民間故事的文本題型，從傳承的演述文本到採錄文本，進而有整理文本、重構文本。也就是說民間故事不再是口傳、娛樂與生活；目前，對於過去大家曾經共同擁有的庶民共同記憶，我們只能透過文本（採錄、整理或重構）閱讀的方式來召喚。

　　事實上，藉由閱讀故事來召喚庶民的共同記憶，不僅是一種自然的需求，也是一種原始的本能。人們對於自己與他人的生活本來就存在好奇，將書打開，一旦讀者聽到了故事的開頭，就在自己的想像裡燃起了燈火，想要照亮整個故事的歷程，看清楚故事結局的真實面貌，然後才會滿足。班雅明（Walter Benjamin）對這種需求與本能相當了解，在〈說故事的人〉一文中，他說：

> 人們很少明瞭聽眾和敘事者間之所以保持著素樸的關係，乃是因為想要記住故事的慾望。對於未受扭曲的聽者而言，其中心興趣在於可以將故事再度轉述給他人。（見班雅明著、林志明

譯：《說故事的人》，台灣攝影工作室出版，1998年12月，頁
35。）

他解釋了我們身為讀者對於閱讀文本最純粹的旨趣：記憶故事並
傳承故事，而這樣的樂趣，「當然只有去讀才能找到它們」。

## 四　結語

在追求多元共生與全球化浪潮席捲之際，泛亞國際文化推出了
《繪本世界民間故事》壹套三十六本，總計收錄五大洲，三十個國
家，全套譯本均為韓國名家撰寫，對於關心多元文化議題以及子女教
育的大人，其編纂精神與文本內容十分切當。

所謂國際化教育、全球視野、跨文化學習、國際化態度、多元包
容等價值內涵，或許我們能透過閱讀世界各地的民間故事，實踐跨文
化的體驗和學習，以重現我們先民曾經擁有的共同記憶。因此，我樂
意推薦這套書，我願意與大家共享閱讀的樂趣。

# 洪文瓊老師與我

洪文瓊老師與我年齡相近，在兒童文學界他出道早，且名氣大，基本上我們並不深交，雖然他曾參與編選幼獅版兒童文學選集（童話卷），可說是淡淡的君子之交。我們的結緣是他應聘到當時臺東師院的語教系。

一九八七年臺東師專改制為臺東師院，於是有了語教系，當時我負責系務，且以兒童文學為系發展的主軸，當年的兒童文學老師，除我之外，又有何三本與洪文珍兩位。緣於兒童文學，前後又聘請了楊茂秀和洪文瓊兩位老師。

洪文瓊是一九九四年二月應聘。在應聘之前，在兒童文學界已然是大家，他的輝煌經歷有：

## 一 「新一代兒童益智叢書」的執行編輯之一

將軍出版社於一九七四年九月二十八日成立「新一代兒童益智叢書論委會」，洪文瓊任總策畫。召集人吳豐山，編輯委員有二十九人。執行編輯有：王文龍、王維梅、吳英長、洪文瓊、高明美、陳曉南、陳素心、鄭明進、蘇振明等九人。於一九七五年底出書。文學類十六本、科學類十二本、史地類八本、美育類四本，合計四十本。

## 二　慈恩兒童文學研習會總幹事

　　宗教團體介入文化出版業在臺灣並不稀奇，但從事兒童圖書出版
與兒童文學推廣，且拿得出成果並有相當影響的，似乎只有高雄宏法
寺開證法師所創設的「佛教慈恩基金會」（一九七八年設立）。慈恩育
幼基金會原先是以救助貧苦兒童為主，後開證法師接受林世敏老師的
建議，認為救貧只能救急一時，開啟智慧才是永遠的，因此改而支持
出版兒童圖書。為編輯兒童叢書，卻遇到了人才問題，因而又資助創
辦慈恩兒童文學研習營，並出版兒童文學理論研究叢書。這個過程說
起來像是在編故事，但它確是道地的事實。佛教慈恩育幼基金會自一
九八一年暑假起，每年均支持舉辦一期的「慈恩兒童文學研習營」，
前後共辦六期，除第一期為綜合營外，其餘均為專科研習──計有童
話（第二期）、唱念兒童文學（第三期）、少年小說（第四期）、圖畫
書（第五期）、編輯企畫（第六期），此「專科研習」是連板橋國校教
師研習會「兒童讀物寫作班」也少有的。這六期是民間唯一真正有計
畫在辦的兒童文學研習活動，可說是為板橋國校教師研習會「兒童讀
物寫作班」之外，提供另一條進修管道。從參加過的學員對研習會的
感恩讚許，以及他們在兒童文學界逐漸嶄露頭角看來，它的確對臺灣
兒童文學界人才的培育有所貢獻。此外，慈恩育幼基金會也藉著舉辦
兒童文學研習營，結合了眾多臺灣優秀的兒童文學作家、插畫家，協
助編印出版了二十本佛教兒童叢書。不過，最最難得、貢獻也最大的
是資助出版兒童文學理論研究叢書：（一）《我國兒童讀物市場之調查
研究》（楊孝濚撰，1979年12月出版）；（二）《卅年來我國兒童讀物出
版量之研究》（余淑姬撰，1979年12月出版）；（三）《改寫本西遊記研
究──情節取捨與標題製作之探討》（洪文珍撰，1984年7月出版）；
（四）《從發展觀點論少年小說的適切性與教學應用》（吳英長撰，
1986年6月出版）。

## 三 《兒童圖書與教育》雜誌總編輯

這是國內第一本以兒童圖書與兒童教育為主題的專業性雜誌。創刊於一九八一年七月。洪文瓊發行人兼總編輯。創刊宗旨是：

（一）提升兒童讀物的出版與流通。

（二）爭取兒童圖書消費者的利益。

（三）保障兒童的福利。

（四）促進兒童教育的素質。

雜誌是月刊，計發三卷一期。至一九八二年七月後停刊，總計十三期。

## 四 中華民國兒童文學學會第二屆秘書長

一九八七年十二月底馬景賢先生接任中華民國兒童文學第二屆理事長。並邀請洪文瓊先生擔任秘書長，兩人合作無間，是歷屆以來最具學術氣息者。其間洪氏籌畫主編重要史料叢書者有：

《中華民國臺灣地區兒童期刊（民國三十八年至民國七十八年）》，中華民國兒童文學學會，1989年12月。

《兒童文學大事紀要（西元1945-1990）》，中華民國兒童文學學會，1991年6月。

《華文兒童文學小史》，中華民國兒童文學學會，1991年5月。

## 五 《兒童日報》創報總編輯

一九八八年臺灣解除報禁，新報刊紛紛申請創設，《兒童日報》

即是在此大環境下新創刊的第一家真正為兒童辦的報紙。在報禁解除之前，臺灣並沒有兒童專屬的報紙，《國語日報》雖擁有廣大的兒童讀者，但是它有三分之一的版面，並不是以兒童為對象。因此嚴格來說，《國語日報》並不是兒童的報紙。《兒童日報》創刊具有歷史意義，就是在它是一份天天出刊的兒童報。但是它對臺灣兒童文學發揮重大的影響並不在於它是臺灣第一份兒童報。

　　《兒童日報》對臺灣兒童文學發展有指標性的意義，主要是它為兒童文學界帶來創新。《兒童日報》是臺灣首家以嚴謹態度規畫而創辦的報紙。光復書局並且正式給付創刊規畫費用壹百萬元，創臺灣兒童文學創刊出版的記錄。而它採行的「兒童文化」編輯政策，更是一新臺灣兒童圖書出版業界的耳目。它的工作人員，除了總編輯外，一律招考聘用剛畢業的新手，它聘請兒童心理、兒童教育及大眾傳播、印刷出版等各領域的專家學者為顧問，為報社員工做在職訓練；它設有比臺灣任何報社都完整而能發揮真正支援編輯、採訪作業的資料室；它的字體、字距、行距以及版面的規畫成為兒童圖書出版業者參考的對象；它整版的人物版、漫畫版、藝術版更是走在其他報刊的前面。《兒童日報》創刊後，《國語日報》被迫放大字體，調整版面，可說就是《兒童日報》產生影響的最具體例證。然而《兒童日報》對臺灣兒童文學界影響最大的，應是它為臺灣兒童文學界培養出一批具有兒童文化理念的新秀。現今在臺灣兒童文學界嶄露頭角的，即不乏第一代《兒童日報》的工作者。當時，洪文瓊並將創刊規畫費用壹佰萬元捐贈中華民國兒童文學學會，作為設助兒童文學創作（含插畫）及研究成就獎。

## 六　結語

當年，我與洪老師並不算熟識，但卻是我敬重的學者，於是透過楊茂秀老師的協助，洪老師就如此的來到臺東師院的語教系。

其後，一九九六年八月，我受命兼兒童文學研究所籌備處召集人，亦會邀請洪老師為籌備委員，參與籌備設所相關事件。

又其後，洪老師有了研究社群，互動不多，但仍相知相惜。

然而，歲月不饒人，我們都已到退休歲月。但願往後能身體康健，精神愉快。

# 臺灣兒童文學論述的源起

## 一 前言

　　這段時間，因為撰寫臺灣兒童文學、編輯有關兒童文學史文論選集，因此再度碰觸到有關臺灣兒童文學源頭的問題，尤其是論述部分，是以有本文的撰寫。

## 二 臺灣兒童文學的書寫事實

　　臺灣兒童文學，目前我們宣稱有百年之久。

　　邱各容認為有關臺灣兒童文學元年究竟是哪一年？他認為有兩個「時間點」可以斟酌。

　　第一個時間點是明治四十年，也就是西元一九〇七年（民國前五年）五月五日，距離日本殖民臺灣已經十二年之後。當時臺灣總督府民政局學務課開始編印兒童課外讀物——《むかしばなし第一桃太郎》，《むかしばなし第一桃太郎》係臺灣總督府在殖民地臺灣所編印出版的第一本兒童課外讀物。

　　第二個時間點是明治四十五年／大正元年，也就是一九一二年（民國元年）。這一年有兩件事值得一提，首先是臺灣總督府民政局學務課繼續編印出版《むかしばなし第二埔里社鏡》，係臺灣總督府

在殖民地臺灣所編印出版的第二本兒童課外讀物。再來是同年的十一月一日起，臺北國語學校助教授宇井生在《臺灣教育》第一二七號至一二八號，接連發表有關兒童文學的論述，所談主題是《臺灣の童謠》，宇井生可說是為臺灣近代兒童文學敲下了第一聲鐘響，正式揭開臺灣近代兒童文學的發展序幕。

邱氏之所以認為一九一二年是臺灣兒童文學元年，主要考量是「以臺灣為主體性」的出發點。一九〇七年雖然出版第一本課外讀物，但桃太郎是日本家喻戶曉的童話故事，是外來的，不是臺灣本土的，不是臺灣在地的（見《全國新書月刊》142期，2010年10月，頁4-7）。

有關日治時期的兒童文學，雖然文獻逐漸出土，但似乎仍是有待開發的地帶。至於光復後的臺灣兒童文學，由於當時政治、經濟等因素，仍然是不受重視的區塊。林良在〈臺灣地區四十五年來的兒童文學發展（1945-1990）〉一文中說：

> 臺灣在光復以前，知識界對兒童文學並不陌生。日本的兒童文學活躍在小學裡，日本的兒童讀物活躍在書店、圖書館和家庭的書房裡。傳統的兒歌和民間故事，活躍在廣大的中國人社會中。當年中國大陸兒童文學迅速發展，臺灣的知識界也有相當的認識。
>
> 民間的口傳文學、中國傳統的「三、百、千、千」幼學讀本、日本的兒童文學、中國的兒童文學，構成了臺灣兒童文學的四大資源。在這段期間，有多少人以日本從事兒童文學創作？知

識界在兒童文學方面有些什麼成績？這是一段急待我們加以充
實的兒童文學史。（見《華文兒童文學小史》，頁1-2。）

林良這段話應該是平實可信。從一八九五至一九四五年為止的日
治時期，臺灣可以說大致分為三種文學：臺灣人的漢語文學、臺灣人
的日語文學、日本人的日語文學。由於所關注的對象不同，所以給人
的觀感也大異其趣。（見笠原政治、植野弘子編：《臺灣讀本》，前衛
出版社，1997年9月，頁211。）而所謂的日治時期的兒童文學亦當作
如此觀。

日治時期後期，由此推行皇民政策，是
以在一九三七年被禁止使用漢文。而光復後
臺灣省行政長官公署於一九四六年十月二十
五日，發布日文廢止令。而後，一九四七年
發生二二八事件，全島大規模地將臺灣文化
人捲入，給了臺灣文化之重建致命打擊，再
加上一九五〇年襲擊臺灣的白色恐怖，以及
語文使用的不便，使得大部分成名於日治時
代的作家不得不保持漫長的緘默。

雖然，臺灣兒童文學在發展過程是緩慢，但在書寫方面無疑是有
受歐美、日本、大陸的影響。

## 三　臺灣兒童文學論述的源起

### （一）論述源起

至於論述的源起，似乎未見有人論及。

　　個人認為論述的源起，或稱始於師範學校改制為師專。一九六〇年秋，臺中師範學校改制為臺中師範專科學校，即著手擬定課程綱要，一九六一年五月又加以修訂，其中選修科甲班列有「兒童文學習作」兩學分。這是臺灣地區「兒童文學」的開始。

　　於是，有了劉錫蘭編著的《兒童文學研究》一書（1963年10月修訂再版），這是臺灣地區目前可見正式出版的第一本兒童文學通論的書。

　　其實，在劉著之前，可見的兒童文學論著有：

劉昌博　《中國兒歌的研究》　岡山鎮中央日報辦事處讀者服
　　務部（總經銷）　1953年7月　計36頁
王玉川編著　《怎樣講故事》　國語日報附設出版部　1961年
　　5月
王逢吉編著　《兒童閱讀及寫作指導》　臺灣省臺中師範專科
　　學校　1963年8月

　　以上三書皆未標示參考文獻。王玉川的書是為「說話課教材及教法」用書，王逢吉則是「讀書教材及教法」用書，是臺中師專語文科教學研究叢書之二，劉錫蘭的《兒童文學研究》則屬語文科教學研究

叢書之四。至於《中國兒歌的研究》，一者篇幅嫌少；再者作者是從
文藝角度著眼，因此，本文不將三書列入臺灣兒童文學論述源起討論
之內。

## （二）源起的事實

朱匯森在為林守為《兒童文學》一書的序文中，曾描述劉錫蘭當
年編寫兒童的窘境如下：

> 記得草擬師專課程之初，我和擔任兒童文學一科教學的劉錫蘭
> 先生，到處蒐集這科的參考書籍，多方努力，僅找到了幾本介
> 紹兒童文學的小冊子及幾篇文章。最後蒙美國開發總署哈德博
> 士及亞洲協會白安楷先生的協助，才有幾本書籍可借參閱。這
> 幾年來，許多人已確認了兒童文學的重要性（頁3）。

而事實上，劉錫蘭《兒童文學研究》一書中，可見的參考書目如下：

> 兒童心理學
> 心理學
> 國語問題　　　艾偉
> 漢字問題　　　艾偉
> 國語教育　　　祁致賢
> 怎樣講故事　　王玉川
> 國語與國文　　梁容若
> 胡著中國文學史
> 譚著中國文學進化史
> 白話文學史　　胡適

世界文學發達史

語意學概要

臺灣教育輔導月刊第九卷第一期至第十二期兒童文學講話

吳鼎

朱匯森的描述似乎與所列參考書目有所出入。書目中與兒童文學相關者只見《怎樣講故事》與「兒童文學講話」。

今再將早期三本兒童文學通論著作分列如下：

劉錫蘭編著　《兒童文學研究》　臺中市　臺灣省臺中師範專
　　科學校　1963年10月　修訂再版

林守為編著　《兒童文學》　臺南市　自印本　1964年3月

吳鼎編著　《兒童文學研究》　臺北市　臺灣教育輔導月刊社
　　1965年4月

其實，在三本論著中，吳鼎雖然是最後出版，卻是書寫最早（1959年1月），是其他二書的參考用書。因此，本文擬再將林守為、吳鼎兩書的參考書目引錄如下：

林守為《兒童文學》有附錄兩篇。

## 附錄一　兒童文學讀物一覽

| 書名 | 作者譯者 |
|---|---|
| 童話類 | |
| 格林童話全集 | 格林原著 |
| 愛麗思漫遊奇境記 | 卡洛兒原著 |
| 格列佛遊記 | 史惠佛特原著 |
| 木偶奇遇記 | 科羅狄原著 |
| 安徒生童話全集 | 安徒生原著 |
| 王爾德童話集 | 王爾德原著 |
| 小豬和蜘蛛 | 懷特原著 |
| 鐵人和皮人 | 嚴友梅著 |
| 寓言類 | |
| 伊索寓言 | 伊索原著 |
| 先秦寓言選 | |
| 多話的龜（寓言集） | 喬答摩原著 |
| 盲人摸象（寓言集） | |
| 寓言新編 | 珍蒙沙柏原著 |
| 小說類 | |
| 愛的教育 | 夏丏尊譯 |
| 續愛的教育 | 夏丏尊譯 |
| 芳兒努力記 | 張靜侯改寫 |
| 湯姆歷險記 | 馬克・吐溫原著 |
| 頑童流浪記 | 馬克・吐溫原著 |
| 魯濱孫飄流記 | 狄福原著 |
| 寶島 | 史蒂文生原著 |

| 書名 | 作者譯者 |
|---|---|
| 森林中的小屋 | 趙唐理譯 |
| 草原上的小屋 | 趙唐理譯 |
| 農夫的孩子 | 趙唐理譯 |
| 梅河岸上 | 趙唐理譯 |
| 銀湖之濱 | 趙唐理譯 |
| 漫長的冬天 | 趙唐理譯 |
| 草原上的小城 | 趙唐理譯 |
| 黃金時代 | 趙唐理譯 |
| 小婦人 | 亞爾考特原著 |
| 苦海孤雛 | 狄更斯原著 |
| 孤星血淚 | 狄更斯原著 |
| 孤兒柯大衛 | 狄更斯原著 |
| 世界少年文學選集（叢書） | |
| 世界推理小說名作（叢書） | |
| 小偵探 | 凱斯納原著 |
| 小公子 | 林仁川改編 |
| 紅花俠 | 洪炎秋改寫 |
| 黑色的鬱金香 | 洪炎秋改編 |
| 苦兒流浪記 | C‧亨克爾原著 |
| 故事類 | |
| 天方夜譚 | |
| 羅賓漢故事 | 萊辛原著 |
| 歷史故事 | |
| 航海世家 | 安樂生著 |
| 國王的故事 | 林良、徐曾淵合編 |

| 書名 | 作者譯者 |
|---|---|
| 三百字故事一至十五集 | 王玉川主編 |
| 七百字故事一至三集 | 林良主編 |
| **詩歌類** | |
| 兒童故事詩 | 王玉川著 |
| 兒童詩歌 | 康馨著 |
| **傳記類** | |
| 喬治・卡佛 | A・斯蒂文孫 |
| 偉大人物的少年時代 | |
| 名人的幼年 | |
| 世界偉人傳記叢書（二十冊） | 游彌堅主編 |
| **兒童戲劇類** | |
| 一顆紅寶石（廣播劇） | 林良著 |
| 白雪公主 | 李德權著 |
| 兒童歌劇 | 蔡誠絃、陳恆斌合編 |
| **圖畫類** | |
| 小亨利 | 夏承楹編譯 |
| 淘氣的阿丹 | 夏承楹編譯 |
| 猛牛費地南 | 夏承楹編譯 |
| 破棉襖 | 童叟繪著 |
| 我們六個 | 童叟繪著 |
| 正聲兒童漫畫叢書 | 林楓主編 |

（頁217-218）

## 附錄二　本書參考書刊

一、中華書局：兒童讀物研究

二、葛承訓：新兒童文學

三、錢畊莘：兒童文學

四、吳鼎：兒童文學講話（刊於臺灣教育輔導月刊）

五、教育部：國民學校課程標準

六、艾偉：國語問題

七、黃冀：兒童心理學

八、翔：兒童之語言與思想

九、Mary Sturt 原著：幼童心理與教育

十、程發沁：教育心理

十一、水心：教材及教學法

十二、孫亢曾：教育概論

十三、沈百英：小學國語教學討論集

十四、陳鴻韜：團體活動教學指引

十五、Theodore W. Hunt 原著：文學概論

十六、中華書局：中國文學發達史

十七、開明書店：文藝心理學

十八、王夢鷗：文藝技巧論

十九、木村毅等著：寫作與鑑賞（路加譯）

二十、Robert Fountain 等著：寫作淺談（丁樹南譯）

二一、Sinclair Lewis 等著：小說寫作技巧（紀乘之譯）

二二、Bliss Perry 原著：小說的研究

二三、趙友培：文藝書簡

二四、王藍：寫甚麼？怎麼寫？

二五、朱自清：精讀指導舉隅

二六、朱自清：略讀指導舉隅

二七、蔣伯潛：詩

二八、莎麗：演劇入門

二九、趙麗蓮等：美國兒童文學名著選集

三十、國語日報社：古今文選

三一、國語日報社：語文週刊

三二、中央日報兒童週刊

三三、兒童文學作品為數過多，不能一一列舉（頁219-220。）


從以上兩篇附錄書目中，可見有關兒童文學論述者其實不多。其間《美國兒童文學名著選集》較為珍貴，試列書影如下：

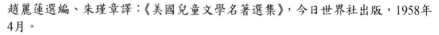

趙麗蓮選編、朱瑾章譯：《美國兒童文學名著選集》，今日世界社出版，1958年4月。


吳鼎《兒童文學研究》，每章皆列有「研究問題」與「參考資料」。全書計有二十二章，試將其「參考資料」整理出中文、外文兩類如下：

## 中文

余家菊：兒童論（中華）

關寬之：兒童學

吳鼎：教育理論（政大）

張耀翔：兒童之語言與思想（中華）

孫本文：社會學原理（商務）

陶孟和：社會與教育（商務）

孫邦正：教育心理學（教育部中教司）

艾偉：心理學（商務）

王鳳皆：中國教育史（正中）

陳青之：中國教育史（商務）

胡適之：白話文學史（啟明）

劉麟生：中國文學講話（啟明）

王瑩：群書故事彙編

諸子集成

沈湘若：史前神話（百成）

吳鼎：兒童文學概論（中國語文月刊八卷五期）

吳鼎：兒童文學講話（臺灣教育輔導月刊第九卷第一期至十二期）

教育部：國民學校課程標準（正中）

張聖瑜：兒童文學研究（商務）

吳鼎：兒童文學的功用（中國語文月刊）

趙友培：文藝書簡（重光）

祁致賢：國語教育（國語推行委員會）

孫邦正：各科教材教學法（商務）

水心：各科教材教學法（正中）

吳鼎：師範語文科教材教法研究（復興）

教育部：中國第一次教育年鑑（開明）

兒童樂園（香港兒童樂園雜誌社）

朱自清：略讀指導（商務）

柳貽徵：中國文化史（正中）

華南鑄字廠：最新鉛字字體樣本

格林弟兄童話集

安徒生童話集

王爾德童話集

世界童話精選

中國故事集

中國名人故事

世界名人故事

科學的故事

音樂的故事

伊索寓言

水滸傳、三國演義、西遊……

魯濱遜飄流記、木偶奇遇記、頑童流浪記……

各國神話集（譯本）

徐霞客遊記、老殘遊記、鏡花緣……

自選歐、美名著中的遊記數種閱讀

中國名人傳記（中華）

世界名人傳記（中華）

三國演義第八十六回

古詩源、唐詩三百首、千家詩……

兒童戲劇集、葡萄仙子、月明之夜……

呂伯攸等：兒童讀物研究（中華）

## 外文

第一章

三、Johnson, Scott, Sickels: Anthology of Children's Literature.

四、Arbuthnot. M. H.: Children and Book. Scott, Forsmen and Co. N. J.


第二章

一、Cubberley, E. P., The History of Education. The McMiller Co., N. Y.

二、Hurlock, E. B., Developmental Psychology, Mcgraw-Hill Co., N. Y.

三、Woodwarth R. S., Psychology. Holt and Company. N. Y.

四、Meyer, A. E., The Development of Education in the 20$^{th}$ Century, Printice-Hall, Inc., N. J.


第三章

一、Encyclopedia of Chidren

二、History of Literature

三、Arbuthnot. M. H. Children and Books. Scott, Forsman and Co. N. Y.

四、Johnson, Scott, Sickels: Anthology of Children's Literature. Houghton Mifflin Company, N. Y


第五章

一、Arbuthnot. M. H.: Children and Book, Scott, Forsmen and Co., N. J.

二、Johnson, Scott, Sickels: Anthology of Children's Literature, Houghton Mifflin Company, N. Y.

三、Huber, Miriam: Blanton: Story And Verse for Children, The Macmillan Co., N.  Y.

第六章

四、Johnson, Scott. Sickels: Anthology of Children's Literature, Houghton Mifflin Co., N. Y.

第七章

二、Huber, Miriam Blanton: Story And Verse for Children The Mc millan Company. N. Y.

三、Children's Literature Seven up high

四、Arbuthnot, May Hill: Children and Books, Scott, Faresman and Company, N. J.

第九章

一、Jahnson, Scott. Sickels. Anthology of Children's Literature, Houghton: Mifflin Co., N. Y.

二、Huber, Miriam Blanton Story And Verse for Children, The Macmillan Company. N. Y.

三、Arbuthnot, May Hill: Children and Books, Scott, Faresman and Company, N.J.

第十章

五、Wheat, Harry Grove: Foundations of School Learning Alfred A Knopf Publisher, N.Y.

第二十章

二、Miriam Blanton, Huber: Story and Verse for Children, Mcmillan Company. N. Y.

第二十一章

二、Johnson, Scott, Sickels: Children's Literature, Houghton Mifflin Co., N. Y.

## （三）源起的解讀

源起可分有中文、外文兩大類論述，試分別說明之：

（一）從早期三本通論的參考文獻中得知，三書皆有參考吳鼎的：

〈兒童文學概論〉（《中國語文月刊》第8卷5期）
〈兒童文學講話〉（《臺灣教育輔導》月刊第9卷第1期至12期）

《中國語文》月刊八卷五期，時間是一九六一年五月。《臺灣教育輔導》月刊第九卷第一期至十二期，第九卷第一期，時間是一九五九年一月。是以三書皆將其列為參考。

其他可見的兒童文學參考文獻，要以大陸時期著作為主，可見者有四本：

張聖瑜著　《兒童文學研究》　商務印書館　1928年7月（吳）
金近、賀宜、呂伯攸等六人合編　《兒童讀物研究》　中華書
　　局　1948年9月（吳、林）
葛承訓著　《新兒童文學》　上海兒童書局　1934年3月（林）
錢畊莘編著　《兒童文學》　世界書局　1934年7月（林）

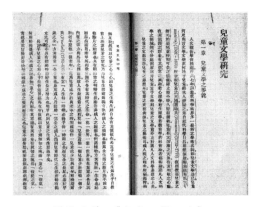

張聖瑜著:《兒童文學研究》　　錢畊莘編著:《兒童文學》

葛承訓著:《新兒童文學》

呂伯攸等六人合編:《兒童讀物研究》

（二）至於外文，從引錄「參考資料」中得知，錯誤百出，經歸納、整理與判斷，似乎有四本：

一、Johnson, Edna, Carrie E. Scott, and Evelyn R. Sickels. *Anthology of Children's Literature*. Boston: Houghton Mifflin Co, 1948. Print.

二、Arbuthnot, May H. *Children and Books*. Chicago: Scott, Foresman and Co, 1964. Print.

三、Huber, Miriam B. *Story and Verse for Children*. New York: Macmillan Co, 1940. Print.

四、Children's Literature Seven up high

以上四本英文參考書，前三本書籍，因為作者都沒有明確標記出版年月，因此依照編者的不同，大約判斷。試解說如下：

1 *Anthology of Children's Literature*

*Anthology of Children's Literature* 由 Edna Johnson, Evelyn R. Sickels 和 Frances Clarke Sayers 合著，試圖搜羅各個國家的兒童文學作品，本書依文類共分為幾個大項：一、世界的童謠；二、無厘頭（nonsense）；三、圖畫書；四、寓言；五、民間故事；六、神話傳說；七、英雄史詩和羅曼史；八、奇幻故事；九、宗教作品；十、大地、天空和海洋；十一、自傳；十二、遊記與歷史；十三、小說；十四、詩。取材豐富，光是民間故事，就摘選德國、法國、英國、愛爾蘭、蘇格蘭、西班牙、義大利、俄國、捷克、斯洛伐克、波蘭、芬蘭、斯堪的那維亞半島、中國、日本、印度、阿拉伯、土耳其、加拿大、美國、墨西哥、南美洲、西印度群島和衣索比亞等地方的民間故事，規模龐大。一九三五年第一版，到一九七〇年第四版。

## 2 *Children and Books*

*Children and Books* 是由 May Hill Arbuthnot（1884-1969）編著，原本是設計給英文與教育學系的學生於兒童文學課程上課所用，最後也變成圖書館訓練學校教授兒童文學課程的教科書，期間修訂過許多版本，到一九七七年已經第五版，可說是兒童文學重要的入門書與教科書。

May Hill Arbuthnot畢生致力於兒童文學的推展，努力為兒童、父母與圖書館選擇優良的兒童讀物，被《美國圖書館雜誌》（*American Libraries*）選為二十世紀百大重要領導者，可見其重要性與影響力。

*Children and Books* 第一個部分，是孩童發現書（Children Discover Books）為題，分為四個小節，第一小節，談論到孩子與書的關係，第二小節，談論成人與童書，第三小節，談論童書的歷史和走向，第四，談論畫家與童書的關係。

第二個部分，再唱一次（Sing It Again），主要談論童謠、兒童詩歌的議題。第三個部分，從前從前（Once Upon a Time），談論到魔法（Magic）在童話故事、民間故事當中的重要性，也談到寓言、神話等文類，最後涉獵故事說演相關討論。第四個部分，虛構與超乎虛構之寫實（Fiction and Stranger Than Fiction），此部分討論到動物故事、歷史故事、自傳，還有一些以別的種族為故事背景的故事。最後一部分，閱讀新世界（Reading Follows Many Paths），談論到知識性讀物，兒童文學創作的新方向、大眾媒體的影響、家庭閱讀等議題。一九四七年發行第一版，一九九七年已經修正到第九版。

## 3  *Story and Verse for Children*

Huber, Miriam Blanton（1889-卒年不詳）是作家，也是教育家，編著許多兒童文學相關書籍，致力於兒童文學的推展。

*Story and Verse for Children* 內容包括，書和孩童、韻文、鵝媽媽童謠、民間故事、傳奇和英雄傳說、虛幻故事和現實故事，還有最後提到有關於兒童讀物的製作者。一九四〇年發行第一版，一九六五年第三版。

## 4 *Seven Stories High: The Child's Own Library*

這本英文參考書目，吳鼎於《兒童文學研究》第七章所列參考書目第三本：*Children's Literature Seven up high*，經查證未有書名相符者；由於當時參考資料引用未能依循學術規範，以致引述紊亂、錯謬橫生，據此可推論該筆資料恐有誤植。再者，依照此章〈兒童文學的選擇與分階〉內文頁一一七指出：美國將兒童文學分為七個階段，以適應各種年齡兒童的需要。若以相同內容為論據，彼時有 *Seven Stories High: The Child's Own Library* 一書之內容相互符合，該書主要把孩子分為七個年齡層，分別依照個別年齡層為他們選擇適合的兒童讀物，以幫助家長與孩子建立完善的家庭圖書館，恰與吳鼎所引美國兒童文學分為七個階段之內容一致，故此推論。

從以上引述中得知，臺灣早期論述的著作，主要是受中國與美國影響，期間不見日本影子。至於中國的影響，在當時的政治氣候之下，這種影響可說是隱形的，而這種影響正是五四以來兒童本位的兒童觀，因此，臺灣的兒童文學思想是承繼了五四時期的精神。

在三書中，劉錫蘭雖是第一本成書著作，卻是最不具影響者，且劉氏亦不見其他著作。

而吳鼎（1907-1993）可稱之為兒童文學理論的導師。吳氏曾任臺南師範學校校長，教育部、省教育廳專門委員政治大學教授。生平

介紹有司琦〈吳鼎〉一文（見《傳記文學》第67卷第2期，1995年8月，頁142-143），他在《兒童文學研究‧自序》寫道：

> 兒童文學是兒童讀物的基礎，任何兒童讀物，都須透過兒童文學的藝術，才能適合兒童的需要。兒童身心隨時均在發展之中，兒童讀物必須順應此種發展的趨向，以促進其正常的發展，所以兒童文學的教育性也就超過了文學性。因此，我早就有從教育的觀點來編輯一本兒童文學理論書籍的計畫。多年來我一直把握這個主題，蒐集資料，擬訂綱目，陸續的寫述。不過因為課務繁忙，使我無法集中精神來寫作。有時候每天只寫一兩節，有時候每月也寫不出一兩節，這樣的實作時輟，一部四十幾萬字的稿本，竟寫了十年！（頁1）
> ……
> 本書就在完成這些目的下寫成。上編十一章，為最近三年內寫的，下編十一章為五年前寫的。下編各章曾經在臺灣教育輔導月刊上陸續發表過，此次的編寫時，曾加修潤；其中有少數理論的敘述，與上編的有重見之處，但為著保留各章的完整性，也就不便刪改了。現在，這本書雖是寫成，自知其中掛漏之處甚多，仍希海內賢達，不吝賜教。（頁3）

而邱各容在〈兒童文學理論的導師──吳鼎〉一文中說：

> 「兒童文學的教育性超過文學性」，這是吳鼎教授當年希望從教育觀點來撰寫兒童文學理論書籍的原動力。他是一位教育學者，有感於世界各國莫不重視兒童文學，歐美各國許多大學教育系，甚至將兒童文學列為必修科目，而國內卻不是這麼一回

事。因此，他為了希望建立兒童文學的理
論體系使成為一種專門的學問，為了發掘
中國兒童文學資源進而開闢兒童文學建設
之路，為了規畫一種適用的兒童文學研究
方法以供而青年學生研究參考，為了將兒
童文學範疇中各種體裁分別說明以供實習
之用，他前後費時十年完成長達四十萬字
的皇皇鉅著，吳鼎教授的熱心和苦心，實在令人敬佩不已。如
今這本《兒童文學研究》卻也成為國內研究兒童文學的經典之
作。該書在民國五十四年三月由臺灣教育輔導月刊社出版，民
國六十九年十月復由遠流出版公司予以再版。（見《兒童文學
史料1945～1989初稿》，頁206。）

遠流版是第三版，內容、版式與原書相同，而
錯誤也依舊。

　　至於，林守為（1920-1997）則是努力不懈的
耕耘者。陳正治有〈臺灣兒童文學的開拓者——
林守為教授的著作及生平〉一文（見《兒童文學
學刊》，1998年3月，頁195-205）。林守為原是臺
南師範的國文老師，因師範改制而接觸到兒童文
學。他在《兒童文學·後記》說：

　　我在南師擔任的是國文。因此無論就教
　　學需要或個人興趣說，都跟文學的理論
　　及作品較多接觸。但真正有意研讀兒童
　　文學，是從四十九年開始。在圖書缺

乏、資料難覓的情形下，我是一小步一小步地往前挪。多少次
的遲疑，多少次的停滯，又多少次的灰心；幾乎不敢相信真有
成冊的今天。

五十一年的父親節，我寫了第一篇有關兒童文學的文章——
「寓言的寫作」，投寄國語日報語文週刊。語文週刊的主編是國
語專家齊老先生鐵恨。他收到拙作後，來信表示讚許並給予鼓
勵，使我非常感奮。從此每隔三、四週便投寄一篇。文章內容
由寓言而童話而小說而童話………逐漸涉及兒童文學的各類。
五十二年臺南師專有新設的一門課程——「兒童文學研究」，
承羅校長人杰給予機會，我得能從擔任這一課程的實際教學
中，把先前發表的文稿，再加修正和補充。（頁221）

其後，林守為陸續出版《兒童讀物的寫作》（1969年4月）、《童話
研究》（1970年11月）、《兒童文學析賞》（1980年9月）等書。

林守為的論述，除以兒童文學、教育、心理等學科知識外，並援
用現當代的文藝理論。在《童話研究》一書，則大量引用日文資料，
試列《童話研究》的主要參考書如下：

| 1 | 松村武雄 | 童話教育新論 |
| --- | --- | --- |
| 2 | 松村武雄 | 兒童教育與兒童文藝 |
| 3 | 蘆谷重常 | 世界童話史 |
| 4 | 蘆谷重常 | 童話教育的實際 |
| 5 | 田中梅吉 | 德國童話史 |
| 6 | 鳥越信等 | 兒童文學概論 |
| 7 | Meigs, Cornelia Lynde | *A Critical History of Children's Literature* |
| 8 | Adams, Bess Portor | *About Books and Children* |
| 9 | 小學生雜誌社 | 兒童讀物研究第一二輯 |
| 10 | 林守為 | 兒童文學 |
| 11 | 林守為 | 兒童讀物的寫作 |
| 12 | 呂伯攸等 | 兒童讀物研究 |
| 13 | 葛承訓 | 新兒童文學 |
| 14 | 吳鼎 | 兒童文學研究 |
| 15 | 師專教師研究會 | 國語及兒童文學研究 |
| 16 | 姚一葦 | 藝術的奧祕 |
| 17 | Theodore W. Hunt | 文學概論（傅東華譯） |
| 18 | 本間久雄 | 新文學概論（章錫光譯） |
| 19 | Winchester | 文學評論之原理（景昌極等譯） |
| 20 | 開明書局 | 文藝心理學 |
| 21 | 上澤謙二 | 保育童話學 |
| 22 | 安徒生等 | 中外著名童話集 |

（頁233）

　　《兒童文學》於一九八八年七月，將內容再加擴充，重新排版，改由五南圖書出版公司發行，並傳印至今。

## 四　結語

一九六〇年秋，師範開始改制成師專，於是五四以來以兒童為本位的兒童文學觀，就適時的在臺灣現代化的庇護之下隱形現身。所謂隱形是指並未見美國、大陸的理論書在臺灣出版。其中只見趙麗蓮選編《美國兒童文學選集》（朱瑾章譯，今日世界社，1958年4月）。

至於大陸早期論著，亦僅見文致出版社的《兒童文學》，這已是

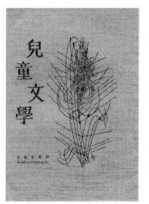

一九七二年三月之事，編輯者署名本社編輯部，其實作者就是錢畊莘。

六〇年是臺灣兒童文學理論的開展期，期間大多受吳鼎與林守為的影響為多。

至於創作的現象，仍以林良在〈臺灣地區四十五年來的兒童文學發展（1945～1990）〉一文中的兩段作為結束。

一九四九年大陸變色，政府把行政中心轉移到臺灣。當時中國和知識界渡海到臺灣來的很多。海峽兩岸兒童文學工作者的第一次結合終於形成。

對兒童文學並不陌生的臺灣知識界，需要有一段時間培養用中文寫作的習慣，但是這並不影響他們對兒童文學的提倡、鑑賞與研究。習慣於中文寫作的大陸知識界，對兒童文學有較多的參與。這參與就在寫作方面。海峽兩岸的知識界，都有一個「促成兒童文學復甦」的理念。

本來，中國現代兒童文學的萌芽，受到歐洲兒童文學的影響最大。但是這種影響，最初卻是由出版事業極為活躍的日本「轉口輸入」，直接由歐洲輸入的比較少。這情形，跟臺灣知識界的情況極為相似。唯一值得提到的，就是大陸知識界為臺灣知識界帶來了一個新的影響，那就是提供了「呈現在中文裡的兒童文學面貌」。

第二次世界大戰結束以後，強盛的美國成為全人類矚目的「成功國家」的典範。美國文化引起大家研究的興趣。美國的兒童文學，也對世界各國產生很大的影響力。我國兒童文學跟美國兒童文學的接觸是自然的，既不刻意追求，也不刻意規避。

美國在兒童文學方面的成就，十分引人注目，透過翻譯，近乎為我國兒童文學發展引進了新資源。我國的兒童不但可以跟美國兒童共享趣味的兒童文學創作，我國的作家、出版家也因此獲得觀摩和思考的機會。

本世紀六十年代前後，是翻譯的鼎盛期，翻譯對象以美國的兒童文學作品為主。其他國家的兒童文學作品並不是完全忽略，但是數量卻很少。

這個兒童文學的「翻譯運動」，特色是擺脫過去由日本「轉口輸入」的型態，開創了直接由作品原文翻譯的新風氣。（見《1945～1990華文兒童文學小史》，頁2-3。）

（本文有關英文參考書的書目由邱子寧與顏志豪整理）

# 民間故事
## ─我們的歷史與記憶

## 一 前言

民間故事是民間文學中一個範圍廣泛的類別。由於一般看法認為它與兒童故事的旨趣具有某種同質性，也因為童話與民間故事具有深厚的淵源，所以它常被吸納作為兒童讀物的一種類別。

民間故事是以口耳代代相傳的，而非書寫方式相傳的故事。

民間故事的類別有：幻想故事、生活故事、民間寓言與民間笑話。

以下擬從麥克魯漢〈Herbert Marshall McLuhan〉的媒體史觀：口語傳播、文字印刷與電子媒介三個不同發展階段來看民間故事。

## 二 口傳故事時期

在遙遠的口傳時代或文字使用不便的庶民，他們過著日出而作，日入而息的生活。故事是他們日常生活中休閒與娛樂的方式之一。

這些口傳故事是以通稱的人物、廣泛的背景、虛擬的內容表達庶民的情感或願望的口傳文學。它是庶民日常生活中的休閒與娛樂，也是孩子們的良師益友。

這種口傳民間故事的內容，具有廣泛的概括性與象徵性，其主要特徵有：口傳性、變異性、集體性、傳承性與民族性。

這些故事有庶民的共同歷史與記憶，也是族群的文化基因。

## 三　文字書寫時期

在文字書寫時期，民間故事能夠在世界各地受到重視，最大的功臣當推貝洛（Charles Perrault, 1628-1703）和格林兄弟——哥哥雅各（Jacob Ludwig Karl Grimm, 1785-1863）、弟弟威廉（Wilhelm Karl Grimm, 1786-1857）。

貝洛採集有《鵝媽媽的故事》，格林兄弟在一八一二至一八一四年發表德國民間故事採集記錄《兒童和家庭故事集》，從此開啟了民間故事科學性採集的新紀元。世界各地紛紛興起採集當地民間故事的熱潮，於是民間故事的採集與研究逐漸形成了專業。

## 四　電子媒介時期

在電子媒介時期，是一個以訊息傳播為主的高科技時代，於是全球化似乎成為必然的趨勢。在全球化的語境之下，越來越指向大眾傳媒和所有日常生活中的具有審美和文化意義的現象。於是文化身分、種族問題、流散現象、非精英化與去經典化成為流行的議題。這是所謂的「文化轉向」，且以圖像為主，文化基本上是指一種生活方式。在電子媒介時期，民間故事似乎是被解構與重構的對象之一。

麥克魯漢認為三個階段的人類認知思維模式大不相同，社會形態和心理邏輯也很不相像，不能以連續發展視之。在媒介時期人們相信的是「旅行的概念」（或稱移動），追求的是持續的、可譯性的以及潛在的市場。

## 五　全球化趨勢帶來的改變

　　當然，全球化或許已經成了不爭的事實，全球化帶來跨國交流，意味著自由、離散的合理化、時空的壓縮、旅行的理論化。但全球化只是去中心與疆域，而認同和文化歸屬必須仰賴情感和傳統的共鳴。不同國家有不同的歷史和文化價值，因此面對全球化的趨勢便興起「在地化論者」。各國弱勢群體紛紛注意到自主權的保障。據此，形成了「全球思考，在地行動」（think globally, act locally）的新趨勢，於是有了「全球在地化」（globalization）的觀念。「全球在地化」可消解全球和在地的對立關係，它指出「在地」代表了特殊性，「全球」意指著普遍性，然而兩者並非兩個極端的文化概念，它們反而可以相互滲透。換言之，人們的生活世界是由當地事物構成的，所以全球性的責任也必須透過在地行動來實踐。

　　全球在地化是自省，也是趨勢，面對民間故事，我們不可忽視的是文化的傳承。

　　然而，我們的義務教育卻仍然陷在迷宮與誤區不能自拔。我們眼前只見全球化，於是強調競爭力、在乎升學、深怕輸在起跑點……。教育當局更在乎的是PIRLS、PISA的國際排名。其實教育應該可以不一樣，而其目的在於：

　　　　學會學習；
　　　　學會生活。

教育不是消費兒童，而是應該從基本做起，尤其是重視成為一個人的文化素養。在教育或學習過程中，使學童能有共同的歷史與記憶，並使之成為族群的文化基因，這是教育的普世目標之一。

　　一九五四年一月，埃伊納烏迪出版社請卡爾維諾編寫一部可與
《格林童話》相匹敵的「全義大利童話」，他用兩年的時間，在一九
五六年發表了《義大利童話》，經過他的挑選和發現，使得各地區的
優秀民間故事都得到保存，並獲得極大的成功。他說自己的工作主要
目標有二：

　　　　呈現所有以義大利方言記錄下來的童話類型；
　　　　介紹義大利各省的風貌。（見《義大利童話1》，頁15。）

　　又二○○五年十一月大塊文化出版公司與全球三十二國同步出版
本世紀偉大的神話重寫計畫。這是二十一世紀文壇創舉，全球頂尖作
家齊作夢，他們想把故事再講一遍。每當人類往前邁出一大步，就會
回頭重新審視神話，讓神話對新的處境說話。不過我們同時也發現，
從古到今，人性並沒有太大的改變。雖然古代社會和現代差別大得難
以想像，但他們所創造的故事仍是可直達我們內心深處的恐懼與渴
望。

## 六　結語

　　民間故事由於是口耳相傳，在流傳過程中，難免會因各種因素的
影響而有所變異。或說變異是緣自遺忘與省略。遺忘是無意的，省略
似乎是有意的，二者之間有相互影響的關係。容易被遺忘或省略者，
多少是讓人不愉快的，自己不熟悉的事物，或較無緊要的細節。受以
上三點的影響，重述者重複故事時，通常朝自己熟悉、合理化的、重
點突出的方向發展。
　　不論是遺忘、省略或用自己以為合理化的方式來轉述，故事雖然

已經有所變異，但絕不是永遠的在變動之中而無從捉摸，永遠變異而無所定準的東西，我們又如何對它有固定的認識？

　　變異的另一端應當是不變。民間故事之所以能夠成為傳統，應該是有其穩定不變的一面；否則若只有「變」而無「不變」，則故事便無傳統可循。或說故事在流傳中自然就融合出一個普遍為百姓接受的標準模式。故事的流傳之所以會有穩定的趨向，有人認為就是文化傳統制約的結果。

　　普羅普認為不變是在於「結構」，結構是統一的、穩定不變的常項。而結構則是在由「角色」和「功能」的組合。至於歷史—地理學派的A.T.分類法的學者，則以「類型」和「母題」為其不變的常項。

　　從採集的民間故事中，將其變項強化、弱化、畸形或反轉等手法，並保存其不變的常項，似乎是作家另一種創作的思維。

　　至於改寫給兒童的民間故事，除考慮變與不變的本質之外，更該關注其可讀性與時代性。

# 參考書目

王　寧　《「後理論時代」的文學與文化研究》　北京市　北京大學
　　　　出版社　2009年8月

卡爾維諾編著　倪安宇、馬箭飛等譯　《義大利童話1》　臺北市
　　　　時報文化出版公司　2003年5月

林文寶等著　《兒童讀物》　臺北縣　空中大學　2007年12月

胡萬川　《民間文學的理論與實際》　新竹市　清華大學出版社
　　　　2004年1月

麥克魯漢著　賴盈滿譯　《古騰堡星系》　臺北市　貓頭鷹出版社
　　　　2008年2月

劉守華、陳建憲主編　《民間文學教程》　武漢市　華中師範大學出
　　　　版社　2002年2月

# 有關林良先生的兒童文學論述

## 一 前言

　　林良先生一九二四年十月十日，出生於福建省廈門市。

　　一九四六年，發表第一篇作品。同年夏天由廈門到臺灣在國語推行委員會工作。一九五〇年轉任《國語日報》編輯，至二〇〇五年四月一日從《國語日報》社董事長職位榮退，至今，仍寫作不斷。

　　林良先生可說創作等身，他的創作出版二百多本書，寫了超過一千首兒歌。今謹就有關兒童文學論述略說一、二。

## 二 歷史的事實

　　兒童文學在臺灣的發展是緩慢的。直到一九六〇年師範學校改制為師專開始，其中語文組有了兒童文學的課程設計，於是有了教科書，於是開始被人接受與關注。林良先生雖然是以創作見長，但是他的論述亦見特色與重要性。林良先生的第一部兒童文學論文集《淺語的藝術》，一九七六年七月由國語日報附設出版印行。今謹將在《淺語的藝術》之前的論述出版書目列表如下：

| 序號 | 書名 | 作者 | 出版地 | 出版社 | 出版時間 | 尺寸 | 頁數 |
|------|------|------|--------|--------|----------|------|------|
| 01 | 中國兒歌的研究 | 劉昌博 | 高雄縣 | 作者自印 | 1953年07月 | 21×15 | 〔7〕+36 |
| 02 | 怎樣講故事 | 王玉川編著 | 臺北市 | 國語日報附設出版部 | （1961年05月第一版）1982年08月第五版 | 18.5×13 | 〔2〕+392 |
| 03 | 兒童閱讀及寫作指導 | 王逢吉編著 | 臺中市 | 臺灣省立臺中師範專科學校 | 1963年10修訂再版 | 21×15 | 〔2〕+98 |
| 04 | 兒童文學研究 | 劉錫蘭編著 | 臺中市 | 臺灣省立臺中師範專科學校 | 1963年10月修訂再版 | 21×15 | 〔4〕+67 |
| 05 | 兒童文學 | 林守為編著 | 臺南市；臺北市 | 作者自印；五南圖書出版公司 | （1964年03月初版，1965年10月再版，1970年09月修訂版，1972年11月修訂二版）1973年11月修訂三版；1988年7月增訂版 | 20.5×14.5；21×15 | 〔4〕+173；449 |
| 06 | 兒童文學研究 | 吳鼎編著 | 臺北市；臺北市 | 臺灣教育輔導月刊社；遠流出版公司 | （1965年03月初版）1969年10月再版；（1980年10月） | 21×15；21×15 | 〔16〕+368；368 |

| 序號 | 書名 | 作者 | 出版地 | 出版社 | 出版時間 | 尺寸 | 頁數 |
|---|---|---|---|---|---|---|---|
| 07 | 兒童讀物研究 | 張雪門、司琦等 | 臺北市 | 小學生雜誌畫刊社 | 1965年04月 | 19.5×13 | 〔20〕+398 |
| 08 | 童話研究 | 吳鼎等 | 臺北市 | 小學生雜誌畫刊社 | 1966年05月 | 19.5×13 | 〔14〕+473 |
| 09 | 國語及兒童文學研究 | 瞿述祖主編 | 臺中市 | 臺中師範專科學校 | 1966年12月 | 21×15 | 〔6〕+260 |
| 10 | 國民小學圖書管理與閱讀指導 | 陳思培編寫 | 臺北縣 | 臺灣省國民學校教師研習會 | 1969年03月 | 21×15 | 〔4〕+109 |
| 11 | 兒童讀物的寫作 | 林守為 | 臺南市 | 作者自印 | （1969年04月初版）1970年3月再版 | 21×15 | 〔8〕+148+〔1〕 |
| 12 | 談兒童文學 | 鄭蕤 | 臺中市 | 光啟出版社 | 1969年07月 | 18.5×13 | 〔12〕+124 |
| 13 | 怎樣指導兒童課外閱讀 | 邱阿塗 | 臺中縣 | 臺灣省政府教育廳 | （1971年03月初版）1981年03月增訂版 | 21×15 | 〔2〕+62 |
| 14 | 兒童文學 | 文致出版社編輯部 | 臺北市 | 文致出版社 | 1972年03月 | 21×15 | 118 |
| 15 | 「世界兒童文學名著」欣賞 | 國語日報社出版部編 | 臺北市 | 國語日報社 | 1972年09月 | 19.5×13 | 〔14〕+120 |
| 16 | 怎樣指導兒童寫詩 | 黃基博 | 屏東縣 | 臺灣文教出版社 | 1972年11月 | 19×13 | 〔2〕+41 |

| 序號 | 書名 | 作者 | 出版地 | 出版社 | 出版時間 | 尺寸 | 頁數 |
|---|---|---|---|---|---|---|---|
| 17 | 師專兒童文學研究（上） | 葛琳編著 | 臺北市 | 中華出版社 | （1973年02月初版）1975年11月再版 | 21×15 | 〔8〕+228 |
| 18 | 師專兒童文學研究（下） | 葛琳編著 | 臺北市 | 中華出版社 | 1973年05月 | 21×15 | 〔6〕+176 |
| 19 | 兒童文學創作選評 | 曾信雄 | 臺北市 | 國語日報附設出版部 | 1973年10月 | 21×15 | 〔9〕+213 |
| 20 | 怎樣講故事說笑話 | 祝振華 | 臺北市 | 黎明文化事業股份有限公司 | 1974年04月 | 19×13 | 〔9〕+103 |
| 21 | 兒童文學研究（第一集） | 謝冰瑩、吳鼎等 | 臺北市 | 中國語文出版社 | 1974年11月 | 19×13 | 〔4〕+122 |
| 22 | 兒童文學研究（第二集） | 葉楚生、陳紀瀅等 | 臺北市 | 中國語文出版社 | 1974年12月 | 19×13 | 〔6〕+122 |
| 23 | 兒童文學散論 | 曾信雄 | 臺南市 | 聞道出版社 | 1975年01月 | 18.5×10.5 | 〔5〕+66 |
| 24 | 兒童文學論著索引 | 馬景賢編著 | 臺北市 | 洪建全教育文化基金會書評書目出版社 | 1975年01月 | 21×15 | 104 |
| 25 | 兒童詩歌欣賞與指導 | 王天福、王光彥編著 | 基隆市 | 基隆市國民教育輔導團 | 1975年05月 | 21×15 | 〔2〕+87 |

| 序號 | 書名 | 作者 | 出版地 | 出版社 | 出版時間 | 尺寸 | 頁數 |
|---|---|---|---|---|---|---|---|
| 26 | 淺語的藝術 | 林　良 | 臺北市；臺北市 | 國語日報附設出版部；國語日報社 | （1976年07月）；2000年07月修訂版 | 21×15；21×15 | 〔8〕+248；338 |

其間，文致版《兒童文學》，作者錢耕莘，原書為世界書局於一九三四年七月出版。

再從發展史的事實考察，劉錫蘭《兒童文學研究》是第一本論著，而林守為《兒童文學》則是當年的長銷教科書，但他們兩人的論述則都有以吳鼎的論述作為重要參考書目。吳鼎著作出版於一九六五年三月，他在自序說：「一部四十幾萬字的稿本，竟寫了十年。」可見吳鼎當年是自覺性的論述。事實上，吳鼎於五○年代末期，即在期刊上發表相關兒童文學論述，而林良先生亦於六○年代中期，開始在期刊上發表有關兒童文學論述文章。

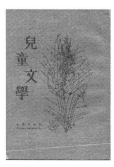   

## 三　兒童文學的相關論述

林良先生的兒童文學論述，成書者有四本：

《淺語的藝術》　國語日報附設出版部　1976年7月

《純真的境界》　國語日報社　2011年10月

《更廣大的世界》　國語日報社　2012年10月

《小東西的趣味》　國語日報社　2012年10月

　　除外，林良先生有成人的文學論述《陌生的引力》一書，原書於一九七五年一月由純文學出版社出版，一九九七年九月改由麥田出版公司出版。至於後兩本論述，則是我與博士生花了將近一年時間，收集與整理後編選而成。

《陌生的引力》分四卷：

卷一：深入的淺語。
卷二：作家跟語言。
卷三：文學裡的意味。
卷四：我和詩。

　　卷一、卷二明顯的與語言息息相關，卷三、卷四就細目看來，亦多與語言相關。林良先生在《淺語的藝術》序裡說：

　　書名《淺語的藝術》，是我給「兒童文學」所下的定義。其實，這定義也就是「文學」的最正確的意義，只是那「正確」，在兒童文學家裡尤其是正確裡的正確罷了。（頁3）

　　「淺語的藝術」，理當源於「語言的藝術」，而語言的藝術則是西方現當代文學以來的有共識的文學概念。這個概念或始於新批評。林良先生在〈論兒童文學的藝術價值〉一文中，明示「文學是一種透過語言文字表現出來的藝術。」（見《更廣大的世界》，頁42。）同時更說明兒童文學的特質是：

1 它用運「兒童語言世界」裡的「語詞團」，來從事文學的創
作。
2 它流露「兒童意識世界」的文學趣味。（同上，頁54-55。）

當然，最重要的宣示文章是〈兒童文學──淺語的藝術〉。林先
生認為：

一切有創造性的文學作品，都是以「淺語」打底的。那作品所
以能發出光輝，主要的是作者在寫作的時候運用了多采多姿的
文學技巧。（頁25）
在「文學的世界」裡，「淺語」往往竟是動人的條件之一。（頁
26）
所有的文學作品，都是用藝術技巧處理過的「淺語的文學」
啊！（頁28）

林先生認為：

兒童文學是為兒童寫作的。它的特質之一是「運用兒童所熟悉
的真實語言來寫。」（頁19）

林先生為了闡釋「淺語的藝術」，一直不遺餘力的探索語言的藝
術，今將四本論述中論及語言者臚列如下：

一、《淺語的藝術》：
1 兒童文學──淺語的藝術（頁17-28）
2 作者的語言跟個性──兒童文學創作上的一個問題（頁
29-44）

3 熟悉的語言　新穎的運用──談兒童文學的翻譯（頁207-
215）

二、《純真的境界》：
1 淺語有味的兒童詩（頁50-53）

三、《更廣大的世界》：
1 兒童讀物之語文研究（頁28-41）
2 兒童文學的藝術價值（頁42-60）
3 兒童文學裡的語言問題（一）（頁90-103）
4 兒童文學裡的語言問題（二）（頁104-117）

四、《小東西的趣味》：
1 談兒童詩裡的語言（頁90-91）
2 兒童詩的語言（頁92-114）

　　所謂運用「兒童語言世界」裡的「語詞團」，並不是指強調為兒
童而寫，也不是說有一種屬於兒童的特殊的「兒童語言」而言，這只
是說：

運用兒童所熟悉的真實語言來寫。
兒童所熟悉的語言是現代的普通話。
現代的普通話，既不是太歐化，也不是不易懂的文言；當然，
更不是方言。
所謂真實是指與兒童生活有關的部分。

這種「兒童所熟悉的真實語言」，即是所謂的淺語。淺語並不排斥文學的技巧，它是用藝術技巧處理過的「淺語的文字」。

# 四　結語

用「淺語的藝術」來定義兒童文學，這是林先生的詮釋，或許有人認為不周全。但是「淺語的藝術」已然成為臺灣兒童文學理論史上的典範。

其實，林先生不只是認為兒童文學是「淺語的藝術」。他甚至認為：

> 文學是一種「淺語」的「藝術」。因為它是「藝術」，所以這個「淺語」並不是「淺人的藝術」。它是「深入」的「淺語」。「深入」是指那種氣質不凡，有超過常人的才華，思想深刻，能技巧的運用現代語言的人。他能在平凡的月亮和江水之間發現一種「月湧大江流的關係」。……。
>
> 他不是一個「淺人」，他很「深」，有時候「深」得「深不可測」，「深不見底」。但是由於「生活—語言—文學」這種藝術的「宿命」，他永遠只作「淺語」，「淺語」是他的本色。
>
> ……
>
> 我忽然發現，「文學」不是一種「記誦文學」。文學的「創作活動」並不是「天長地久有時盡，此恨綿綿無絕期」的重複古人的佳句，而是「不斷的發現新境」；因為它是一種藝術：「屬於深入」的「淺語的藝術」。（見《陌生的引力》，麥田版，頁31-32）

# 林鍾隆的兒童文學那些事

　　《林鍾隆全集》出版在即。編輯負責人佩蓉邀我為「兒童文學卷」寫序，我義不容辭，慨然應允。其實，這也是我多年前的承諾。是以略述全集的緣起，以及林鍾隆的兒童文學那些事。

　　記得二〇〇七年三月的某一天（正確日期與時間真的忘了），手機接到一通哭泣的電話，原來是林鍾隆南下高雄訪友途中心臟病發，隨行的妻子李玫臻手中只有我的電話，於是求助於我。我人在臺東，只能聯絡高雄的蔡清波老師幫忙，最後總算急救回來，療養半年後康復。但隔年十月十八日，林鍾隆再度心肌梗塞，這一次家人不在身邊，因而往生。

　　在請蔡清波出面之餘，我並聯絡臺灣文學館的相關人員，勞請他們派人關心（當年臺灣文學館時常詢問我是否有兒童文學作家需要幫忙）。於是我又直接撥打電話給當時的鄭邦鎮館長，說明事情原由，並建議編印臺灣兒童文學作家的全集，且以林鍾隆為首選。於是，在李玫臻的積極與熱心之下，有了林鍾隆全集構思與議題。

　　林鍾隆，一九三〇年七月二十四日生於桃園楊梅，二〇〇八年十月十八日過世於桃園大溪。他是臺灣戰後第一代兒童文學作家，作品有童詩、散文、小說、童話、寓言、劇本、論述、翻譯、語文教育等，堪稱兒童文學的全才。

　　當然，他最早引人注目的是少年小說《阿輝的心》。《阿輝的心》全書二十章，從一九六四年十二月開始，在《小學生雜誌》上連載，成為讀者最喜愛的長篇。一九六五年十二月出版單行本，列為「小學

生叢書」之一。主人翁阿輝是集所有美德之大成：樂觀、聰明、堅強、勤勞、勇敢、孝順又充滿愛心⋯⋯。幾近完美的人格形象，卻又有著無比的說服力，這在文學史上絕不多見。

林鍾隆平時除教書外，並從事推廣語文教育，開設「古道翁語文函授中心」，主要是作文的教與學。其間《愉快的作文課》（益智出版社，1964年10月）一書是臺灣作文教學的標的。

《愉快的作文課》介紹了各種體裁文章的作法，並將「視、聽、感、想、做」的感官拓思法應用於其中，全文以教學演示的方式呈現，文字深入淺出，易為兒童自學。「看、聽、感、想、做」五感教學法（又稱為感官拓思法）為林老師所獨創，在其對作文教學研究的歷程中，有感於學童寫作上最主要的困難點乃在於寫作材料的蒐集和呈現，因而潛心研究並歸納出兒童的每一句話、每一個觀念，皆透過「看、聽、感、想、做」等方法而來，只是兒童自己不自覺罷了，為此，他特地編輯成書，一方面說明此觀念的發現，另一方面則透過淺顯易懂的方式，介紹此作文教學法之應用，期望從事作文教學的老師，能於課堂上作「五感法」的認識與指導，並提供練習發表的機會，以提高學童作文的興趣。

林鍾隆是兒童文學界的獨行者，他執著於辦理同仁雜誌以及童詩的教學。

林鍾隆於一九七七年四月創辦臺灣第一本兒童詩刊《月光光》，創刊時希望《月光光》成為大眾性刊物，無奈的是自始至終都是小眾的同仁刊物。創刊初期原為雙月刊，後改為月刊，並於一九九一年三月易名為《臺灣兒童文學》學刊，仍是小眾的同仁刊物。二〇〇九年三月底，李玟臻在季刊五十八號裡宣布它是完結篇。

《月光光》、《臺灣兒童文學》雖屬小眾刊物，林鍾隆始終樂在其中，除了給自己，也給其他從事童詩、兒童文學的同好發表的專屬舞

臺，在臺灣兒童文學的發展，自有其一定的歷史定位與評價。

　　而林鍾隆最引起爭議的是對童詩的批評。林氏的童詩論著有：《兒童詩研究》（益智書局，1977年1月）、《兒童詩指導》（快樂兒童周刊社，1980年11月）、《兒童詩觀察》（益智書局，1982年9月）。在這些論著裡對童詩的本質、趣味、想像與僵斃的批評，一向是麻辣，卻能點到痛處。

　　其間，最引人爭議的是一九八六年四月發表於《笠》詩刊第一三二期的〈臺灣兒童詩的形式與現況〉（頁93-103）一文，這篇文章對當時的童詩風格有相當「苛刻」的評語，「洪建全兒童文學獎」、《布穀鳥兒童詩學季刊》都遭到他點名批評；甚且將臺灣童詩的不良影響歸罪於楊喚，從中可窺見其直率敢言個性。

　　個人認為林鍾隆是兒童文學的全才。就童詩而言，集創作、教學、翻譯、理論、批評於一身，更是童詩往上提升的監督者。他是童詩界的烏鴉，也是守門人。

　　的確，在臺灣童詩界，林鍾隆勇於、勤於提出一些尖銳、深刻而又不失誠懇的逆耳忠言，不過卻有許多人認為他的詩觀「東洋味」過濃。但無論如何，他的言論在聽者沉思之後，總能發掘出話中隱含的道理。臺灣童詩批評之所以不那麼沉悶，林鍾隆功不可沒。

　　林鍾隆令人羨慕的是：與李玟臻共譜的兒童文學人生。

　　一九七八年四月五日，林鍾隆的夫人彭桂枝病逝，林鍾隆當時一邊在中壢高中教書；一邊辦刊物；還要一邊照顧三個兒女。李玟臻看其勞碌，心生不忍，遂自動請求幫忙照顧林鍾隆尚年幼的么子，也幫忙協助整理稿件。此舉打動了林鍾隆的心，兩人遂締結結婚的良緣。兩人相差二十二歲，除照顧林鍾隆生活起居，更呵護寶愛林鍾隆的每一件作品。其實，林鍾隆全集得以成形，李玟臻是最重要推手。（詳見謝鴻文：〈看花開與花落──林鍾隆和李玟臻共譜的兒童文學人生〉

一文,《國語日報・兒童文學》,2015年4月5日。）

　　綜觀全集,雖分為小說卷、散文卷、現代詩卷、兒童文學卷、評論卷、翻譯卷、資料卷。其間,評論卷、翻譯卷亦皆屬兒童文學。且林鍾隆亦正是以兒童文學成名立世。

　　在兒童文學卷中有:童詩、少年小說、童話、寓言。可見其作品的寬與廣。

　　全集從立項到出版,長達九年,歷經幾任館長,可謂工程浩大且堅苦萬年,想當年李玟臻多次要我務必幫忙寫序,豈知在她去世之前（2014年11月11日）仍未能如願看到全集出版。如今,全集就要正式出版,或聊可告慰林鍾隆和李玟臻夫婦在天之靈,這是我們臺灣兒童文學作家的第一套全集,也了卻我當年的承諾。

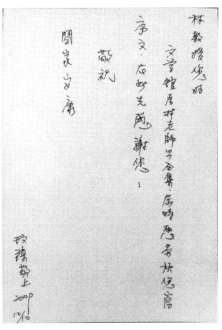

# 走向圖畫書入門之路

　　知道王志庚館長在翻譯西方圖畫書理論書，當時真是令我驚喜不已。「驚」的是年輕一代的主管，不但精力無窮，且勇氣可嘉；「喜」的是同行的路上又多了一控。他所持的理由是：

> 我發現，我國圖畫書的引進出版、理論研究、原創出版和閱讀推廣受到日本和臺灣的深刻影響，但直覺提醒我，圖畫書是西方近代的人文成果，我們應該向西方看，也許從西方那裡能夠獲取一些不同的理論或觀念。鑑於國內還沒有出版過西方的圖畫書理論著作，我覺得有必要找到合適的作品進行翻譯出版。

壯哉此言！真是有想法與理念，於是，每次見面，總是問他進度如何？如今歷經五百多個夜晚的努力，終於要出版。在出版之前，館長將全文托人傳給我，並要我寫序。我長期關心華文世界的兒童文學，尤其是理論方面，於是先睹為快。

　　這不是一部純學術性著作，作者將著作獻給所有喜歡圖畫書的同道中人：作者、插畫師、編輯、設計師、圖書館員、評論家、學者、書商與教師。這是一部通俗的學術編著，全書共有八章。前五章是有關圖畫書的基本知識與認知，如圖畫書的歷史、出版與獎項；又如圖畫書的結構、設計、類型、體裁與故事的藝術。其間較具特色的是六、七、八章。

　　第六章〈兒童與圖畫書〉，作者認為「圖畫書是為兒童創作的書

籍，但它並不是兒童的專屬，它可以也應該為所有年齡的人群喜愛和欣賞。」（正文頁2）作者認為「圖畫書對兒童讀寫萌發和視覺素養提供了良機。」（頁184）我們知道，圖畫書由於自身的演進，以及「視覺轉向」（或稱圖像轉向）的驅動，已然成為一種獨立的文類，閱讀對象也不再以兒童為主；可是，從圖畫書的發展緣起，仍得歸之於兒童，因此有了這章的書寫。

第七章〈圖畫書的社會問題〉，則是討論美國當代圖畫書的一些爭議話題，這些話題雖然是有各種不同角度，可是卻不易形成共識，而多元文化更是爭議的主軸。

第八章〈圖畫書的應用〉，這是屬於市場化的問題。儼然圖畫書的製作技巧與精緻度已臻成熟，消費者願意將圖畫書視為精品花錢收藏，甚至集結同好成為社群，研究討論並推廣。作者在此章更具體的介紹，舉凡圖畫書的購買、圖畫書的評價與產業等，讓喜愛圖畫書的讀者能更詳細的了解圖畫書，除了閱讀之外的周邊漣漪與產業運作。

總結，七、八兩章可說是屬於全球化、市場化、多元化的問題。其實作者已告訴我們：「圖畫書勢必將以獨特的方式，引領文化和消費的新潮流。」（頁278）因此，關心圖畫書，以及文化產業工作者，有必要用心理解這兩章，以作為借鏡。

以下擬從譯者的初心，試介紹兩岸有關圖畫書外來論述的現象。其間不含教輔之類者，如《遇見李歐‧李奧尼的驚奇世界──用李歐‧李歐尼的繪本來教學》（Kathleen M. Hollenbeck著，劉淑雯、黃靄雯、黃明宏、謝佳蓉等譯，華騰文化公司，2014年1月）。

兩岸的圖畫書，確實是受日本的影響，而主要的影響者，首推松居直。就大陸而言，可見譯著有：

蔡皋編 《我的圖畫書論》 長沙市 湖南少年兒童出版社 1997年7月

劉滌昭譯 《幸福的種子──親子共讀圖畫書》 濟南市 明天出版社 2007年11月

郭雯霞、徐小洁譯 《我的圖畫書論》 上海市 上海人民美術出版社 2009年3月

郭雯霞、楊忠譯 《松居直喜歡的50本圖畫書》 南昌市 二十一世紀出版社 2011年8月

本書與河和隼雄、柳田邦男合著 朱自強譯 《繪本之力》 桂陽市 貴州人民出版社 2011年8月

林靜譯 《打開繪本之眼》 海口市 南海出版社 2013年6月

劉滌昭譯 《幸福的種子──親子共讀圖畫書》 南昌市 二十一世紀出版 2013年9月

其間，兩本《我的圖畫書論》，書名同內容卻不同。而《幸運的種子》則同一譯者，卻有兩家不同出版社的版本。另外有：

周憲徹譯著 《圖畫書創作的ABC》 武昌市 湖北少年兒童出版社 1994年6月

署稱譯著，其參考書目皆是日文，是目前可見的最早圖畫書論述專書。又有教程一本：

〔日〕土井章史編著 王二貴、趙景揚譯 《少兒繪本教程》 太原市 山西人民出版社 2015年9月

至於，西方的圖畫書理論譯書，似乎付之闕如，倒是有兩本教程譯著，其實又是同一本書的兩個不同出版社的版本。

〔英〕馬丁・薩利斯伯瑞著　謝冬梅、謝翌暄譯　《英國兒童讀物插畫完全教程》　上海市　上海人民美術出版社2005年6月

〔英〕馬丁・薩利斯伯瑞著　謝冬梅、謝翌暄譯　《劍橋藝術學院童書插畫完全教程》　西寧市　接力出版社　2011年11月

〔美〕薇薇安・嘉辛・佩利著　棗泥譯　《共讀繪本的一年》北京市　新星出版社　2013年5月

這本書的標題是「孩子如何在故事裡探索世界」。這是屬於教學應用類。臺灣譯本書名《手拿褐色筆的女孩》，於一九九九年二月由財團法人成長文教基金會出版，譯者楊茂秀。

　　至於臺灣的圖畫書，雖然也是受日本，尤其是松居直的影響，但他的著作在臺灣卻只有《幸福的種子——親子共讀圖畫書》（劉滌昭譯，臺灣英文雜誌社，1995年10月。青林國際出版公司2009年6月又重新出版）一本，另外有：

河合隼雄、松居直、柳田邦男著　林真美譯　《繪本之力》臺北市　遠流出版事業公司　2005年9月

柳田邦男著　唐一寧、王國馨譯　《尋找一本繪本，在沙漠中……》　臺北市　遠流出版事業公司　2006年4月

落合惠子著　林佩儀譯　《繪本屋的100個幸福處方》　臺北市　遠流出版事業公司　2008年6月

谷本誠剛、灰島佳里著　歐凱寧譯　《如何幫孩子選繪本》
臺北市　貓頭鷹出版　2001年5月

　　嚴格來說，這些譯著是屬於教養之類的繪本論述，談不上理論。
或許下列三本西方譯著可稱之為理論：

莫麗・邦（Molly Bang）著　楊茂秀譯　《圖畫・話圖——知
　　覺與構圖》　臺北市　財團法人毛毛蟲兒童哲學基金會
　　2003年10月
珍・杜南（Jane Doonan）著　宋珮譯　《觀賞圖畫書中的圖
　　畫》　臺北市　雄獅圖書公司　2006年3月
培利・諾德曼著　楊茂秀、黃孟嬌、嚴淑女等譯　《話圖——
　　兒童圖畫書的敘事藝術》　臺東市　財團法人兒童文化藝
　　術基金會　2010年11月

以上略述兩岸外來圖畫書論著，或稱能使我們重現歷史與記憶，有助
於對圖畫書的認知、研究與閱讀水平的提升。進而開啟一扇通往圖畫
世界之門，如此則不負館長翻譯此書的初心。

# 曹文軒繪本創作簡析

孫莉莉、林文寶

## 一 前言

　　縱觀世界圖畫書發展的歷史，我們可以看到圖畫書的發展變化除了與文學、視覺藝術的發展，以及社會意識形態變遷有著密切關係之外，還與大眾傳播手段、印刷技術、出版形態、讀者受教育水平等都有著密切的關係。圖畫既然可以被集結裝訂成為書，也就意味著圖畫的敘事功能得到了承認。

　　二十世紀被稱為「讀圖時代」，W. J. T. 米歇爾在構築其圖像學理論體系時，認為圖像如語言一樣可以自我呈現，它們共同參與對世界的表徵。他認為傳統的語言學、文學、社會學正在經歷著一場「圖像轉向」。「圖是文的前奏，雖然這序曲喧賓奪主地演奏了幾萬年，沒想到今日我們集體返祖，走回了讀圖時代。」（見 W. J. T. 米歇爾：《圖像理論》，北京大學出版社，2006年。）

　　以圖畫和文字共同構成的圖畫書越來越被認為是一種獨特的藝術創作形式，長期被敘事中的優勢媒介——語言壓制的另一種媒介——圖像逐漸顯露了它的敘事優勢。而長期在敘事文類中處於輔助、美化、裝飾作用的插圖也漸漸成為了敘事的主角。圖畫書的流行，正應和了「圖像轉向」的理論預言。

　　當代中國圖畫書創作，在很大程度上受到了西方圖畫書創作的影

響，主要從兒童圖畫書創作發端，以兒童文學為主要創作舞臺，以兒童為預設讀者，在學習、繼承、發揚、創新、合作的路徑上，摸索自己的創作方向。為此，中國原創圖畫書的發展，就要解決兩個主要問題，第一是兒童文學創作問題，第二是兒童文學的圖像化表現問題。從二十世紀末開始嶄露頭角的圖畫書作者，主要是插畫家，他們有的在海外與外國文作者合作出版獲得了極高的評價，有的在國內自寫自畫出版，逐步樹立了自己的藝術風格。但是這些具有開創性的畫家和作品的數量顯然是稀少的，隨著出版市場的需求，越來越多的兒童文學作家和插畫家進入了圖畫書創作行列，更多作品隨之出現。

曹文軒是中國大陸當代兒童文學的領軍人物，其文學作品主要為中長篇小說，創作量大，讀者面廣，不僅形成了獨特的文學創作風格，也有其獨特的文學批判理論。從二〇一〇年六月明天出版社出版的圖畫書《痴雞》（曹文軒文，楊春波圖）、《最後一隻豹子》（曹文軒文、李蓉圖）等開始，曹文軒作為成熟兒童文學作家參與圖畫書創作的代表人物，在短短六年間作為文作者出版了二十五本（套）圖畫書（其中包括二套系列圖文書《笨笨驢系列》、《萌萌鳥系列》，以下簡稱「曹氏圖畫書」），並且獲得了國內外多個獎項（獲獎訊息見附錄一）。

本文試圖通過對曹氏圖畫書的主題、敘事手法、圖文創作等進行分析，初步探討曹氏圖畫書的特點。

## 二　曹氏圖畫書出版情況

以二〇一〇年六月明天出版社出版的圖畫書《痴雞》（曹文軒文，楊春波圖）為起點，到二〇一六年十月《鳥和冰山的故事》（曹文軒文，彎彎圖，二十一世紀出版社出版）為止，曹文軒已經作為文作者出版了二十五本（套）圖畫書（其中包括二套系列圖文書《笨笨

驢系列》、《萌萌鳥系列》）出版情況請見表一。

### 表一　曹文軒圖畫書出版情況基本資料

| 編號 | 書名 | 所屬套系 | 圖作者 | 圖作者國籍 | 初版時間 | 出版社 |
|---|---|---|---|---|---|---|
| 1 | 癡雞 | 純美繪本 | 楊春波 | 中國 | 201006 | 明天出版社 |
| 2 | 最後一隻豹子 | 純美繪本 | 李 蓉 | 中國 | 201006 | 明天出版社 |
| 3 | 一條大魚向東游 | 純美繪本 | 龔燕翎 | 中國 | 201006 | 明天出版社 |
| 4 | 菊花娃娃 | 純美繪本 | 趙 蕾 | 中國 | 201006 | 明天出版社 |
| 5 | 天空的呼喚 | 中華原創繪本大系 | 秦修平 | 中國 | 201201 | 江蘇少年兒童 |
| 6 | 發條鼠 | 中華原創繪本大系 | 李 璋 | 中國 | 201201 | 江蘇少年兒童 |
| 7 | 第八號街燈 | 中華原創繪本大系 | 文 那 | 中國 | 201201 | 江蘇少年兒童 |
| 8 | 柏林上空的傘 | 中華原創繪本大系 | 潘堅、潘穎 | 中國 | 201201 | 江蘇少年兒童 |
| 9 | 馬和馬 | 純美繪本 | 芊 隗 | 中國 | 201203 | 明天出版社 |
| 10 | 鳥船 | 純美繪本 | 龐 彥 | 中國 | 201203 | 明天出版社 |
| 11 | 飛翔的鳥窩 | 純美繪本 | 程思新 | 中國 | 201305 | 明天出版社 |
| 12 | 杯子的故事：失蹤的婷婷 | 中國種子世界花 | 海倫娜、威利斯 | 瑞典 | 201308 | 天天出版社 |
| 13 | 羽毛 | | 羅傑、米羅 | 巴西 | 201309 | 中國少年兒童出版社 |
| 14 | 羅圈腿的小獵狗 | 純美繪本 | 芊 隗 | 中國 | 201403 | 明天出版社 |
| 15 | 煙 | | 鬱 蓉 | 英國 | 201404 | 21世紀出版社 |
| 16 | 我不想做一隻小老鼠 | 中國種子世界花 | 派特里奇亞多納 | 義大利 | 201411 | 天天出版社 |
| 17 | 笨笨驢系列（5冊） | | 王祖民 | 中國 | 201501 | 21世紀出版社 |

| 編號 | 書名 | 所屬套系 | 圖作者 | 圖作者國籍 | 初版時間 | 出版社 |
|---|---|---|---|---|---|---|
| 18 | 小野父子去哪兒了？ | 中國種子世界花 | 伊娃、蒙塔納里 | 義大利 | 201501 | 天天出版社 |
| 19 | 遠方 | 中國種子世界花 | 波德、寶森 | 丹麥 | 201505 | 天天出版社 |
| 20 | 帽子王 | 中國種子世界花 | 馬瑞吉歐葛瑞歐 | 義大利 | 201505 | 天天出版社 |
| 21 | 夏天 | | 鬱蓉 | 英國 | 201509 | 21世紀出版社 |
| 22 | 萌萌鳥系列（5冊） | | 李廣宇 | 中國 | 201510 | 中國少年兒童出版社 |
| 23 | 風吹到烏鎮時累了 | 中國種子世界花 | 亞歷山大佐洛蒂奇 | 塞爾維亞 | 201511 | 天天出版社 |
| 24 | 瞧瞧我的花指頭 | 「童年中國」原創圖畫書系列 | 祁人 | 中國 | 201512 | 天天出版社 |
| 25 | 鳥和冰山的故事 | | 彎彎 | 中國 | 201610 | 21世紀出版社 |

　　其中包括由明天出版社出版的「純美繪本」系列八本，出版日期從二〇一〇年六月到二〇一四年三月；江蘇少年兒童出版社的「中華原創繪本大系」四本，於二〇一二年一月出版；天天出版社「中國種子世界花」系列六本，出版日期從二〇一三年八月開始，至今仍有《等待兔子》、《皮卡系列繪本》等作品在創作和出版中。

　　從以上出版訊息我們不難看到，曹氏圖畫書的出版不僅僅是作家個人的創作行為，更是一系列出版策畫行為，有著明顯的作家品牌打造意圖。據筆者對相關知情人的採訪得知，曹文軒在二〇一〇年前，就有進行圖畫書創作的意圖，並力圖創作出不同於一般引進圖畫書定義的具有本土特色的圖畫書。在相關媒體報導中也引述過他的圖畫書創作動機，他購買了大量引進圖畫書閱讀研究，然後寫出了二十多個

圖畫書故事文字初稿，以上應該就是他這二十多個故事的出版走向了。在此我們可以看到，曹文軒的圖畫書創作，從一開始就不僅僅是為讀者寫作，更是具有很強的個人探索性質，其探索包括兩種取向，一是從小說到圖畫書的敘事探索，二是中國圖畫書的美學和文化探索。

## 三　曹氏圖畫書特點分析

縱觀二〇一〇年到二〇一六年的二十五本（套）曹氏圖畫書，我們大致可以獲得如下印象：作品題材多元，敘事手法多樣，圖畫創作合作者國際化，主題延續曹氏苦難美學。

### （一）多元的題材

圖畫書是一種綜合性的表現藝術，其創作題材多元，幾乎可以說無所不包。但就中國原創圖畫書而言，目前出版的圖畫書主要是針對嬰幼兒和少兒讀者的作品，題材相對聚焦在古典神話傳說寓言、兒童家庭和校園生活、科普環保奇幻等，其反應的社會生活面嚮往往集中在兒童日常關心的話題上。

曹氏圖畫書在創作主題上呈現出別樣的風貌，不僅題材涉獵廣泛，且有相當獨特的社會觀察視角。

### 1 哲學思考寫成的厚重故事

本文所涉及的二十五本（套）曹氏圖畫書中，似乎少有輕靈單純的題材，曹氏圖畫書總是給人一種承載著某種哲學議題的厚重感。作者總是試圖把生命的尊嚴、自我與他者、個體與社會、瞬間與永恆等極具厚度的議題，用童話、故事等手法加以表達。

例如小老鼠不滿足於做自己，而希望成為更加強大的他者，最終

卻發現每一個自我都是別人的他者，回歸到自我的認同中（見《我不想做一隻小老鼠》）；動物們一個模仿一個的停滯當前的生活，去眺望和思考遠方，最終所能看到的遠方，只不過是一個一樣的風景，但內心卻仍然困惑與當下和遠方之間的分別（見《遠方》）；一片羽毛遍尋各種鳥，以尋找自己的出處（見《羽毛》）；一隻鳥窩騰空而起去尋找離家的鳥，因為失去鳥的鳥窩也失去了自我身分的認同（見《飛翔的鳥窩》）；一隻誤入鴨群的天鵝，糾結於收養群體的感情還是親緣的呼喚（見《天空的呼喚》）等等……以上種種都在故事中隱含了作者複雜的思考，因此也就讓圖畫書的多樣題材統一在厚重的情感和思想表達之下。

作者在他的小說創作中認為：「今天的孩子與昨天的孩子，甚至於與明天的孩子相比，都只能是一樣的，而不會有什麼根本性的不同。」「今天的孩子，其基本慾望、基本情感和基本的行為方式，甚至是基本的生存處境，都一如從前；這一切『基本』是造物主對人的最底部的結構的預設，因而是永恆的；我們所看到的一切變化，實際上，都只不過是具體情狀和具體方式的改變而已。」基於這種對於基底層人性的認識，作者認為「我們的早已逝去的苦難的童年，一樣能夠感動我們的孩子」、「感動他們的，應是道義的力量、情感的力量、智慧的力量和美的力量，而這一切是永在的」。

正是這樣的文學觀使得作者在創作圖畫書時，同樣選取了道義、情感、智慧和美作為創作的基本導向。然而這樣的嘗試無疑是具有一定風險的。一般大眾對於圖畫書的期待和小說不同，往往是輕鬆有趣，而這樣的主題統整題材，意義大於表現的圖畫書創作，很容易給人「難以承受之輕」。

有趣的是，曹氏圖畫書中大量使用了鳥、飛翔、天空等意象進行藝術表現，在二十五本（套）作品中，涉及到鳥、飛翔、天空的竟然

有八本（套），作品題材的輕和作品主題的重形成了頗具趣味的對應。

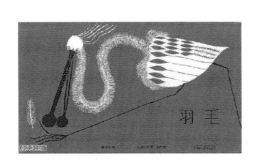

## 2 成長童話承載的兒童觀

　　曹氏圖畫書中，除「笨笨驢」、「萌萌鳥」兩個系列是以童話的手法表現兒童的成長外，《杯子的故事：失蹤的婷婷》、《瞧瞧我的花指頭》、《羅圈腿的小獵狗》、《發條鼠》幾本是以兒童為主要角色，表現兒童成長歷程的（《痴雞》、《小野父子去哪兒了》、《帽子王》等雖然也有兒童角色出現，但主要是作為敘事者或者故事配角出現）。

　　細讀這幾本書，除了《羅圈腿的小獵狗》較為積極正面的表現了主人公小獵狗從發現自己的身體弱勢，到逐步通過刻苦練習找到了自己的自我價值之外，其餘幾本所反映的都不是圖畫書常見的題材。

《杯子的故事：失蹤的婷婷》通過一隻被入戶推銷的化妝品推銷員順手牽羊偷走的杯子與小女孩的故事，展現了當代城市兒童的生活環境的物質性；《瞧瞧我的花指頭》講述了一個生活在城市的五歲男孩皮卡回到鄉村爺爺家，生活在爺爺為校長、三個姑姑做老師的小學生活圈裡遭遇到的人際關係；《發條鼠》則更為直接地表現了兒童遊戲、兒童情感與現代科技之間的矛盾。相對於一般表現兒童成長的題材，曹氏圖畫書所關注的重點似乎超越了一般兒童讀者自身關注的層面。

　　另一點值得注意的是，無論是表現驕縱任性的花指頭皮卡，還是情感冷漠的發條鼠主人皮卡，作者都沒有對他們給出直接的評價，而僅僅是把這樣的人物展現在讀者面前，完全不加以批評。

## 3 邊緣人群、鄉村生活和歷史時空

曹氏圖畫書中表現了很多很少在其他原創圖畫書中出場的人物，例如《八號街燈》、《失蹤的婷婷》裡的流浪漢，《八號街燈》、《菊花娃娃》裡的獨居老人，《天空的呼喚》裡的領養家庭兒童，《瞧瞧我的花指頭》裡的特權階層兒童，《小野父子去哪兒了》裡的窮困農村家庭，《羅圈腿的小獵狗》裡的殘障兒童等。這些角色或以寫實的人物出現，或以動物等童話角色出現，但其所展現和討論的議題卻是原創圖畫書中極為罕見的。

原創圖畫書中不乏對鄉村生活的表現，但主要集中在對鄉村自然淳樸生活的描繪和讚美中，如《小野父子去哪兒了》所表現的貧困，《煙》所表現的文化隔閡與矛盾卻是十分少見的。又如《痴雞》亦是借由作者童年的鄉村生活記憶，表現了一種自我身分的追尋和突破固有規定的痛苦掙扎。鄉村既是作者的創作題材，又是作者表達某種哲學思考的常見場景。

如同曹文軒的小說一樣，他的很多圖畫書作品中出現了水的意象，流動的、寧靜的、清澈的又或者是滔滔洪流的水，都在他的作品中不斷出現，在二十五本（套）圖畫書中，以某一種水域為主要場景的作品也有八篇。

曹氏圖畫書大多為當代題材，其中只有兩篇講述了抗日戰爭時期的故事，一篇為《帽子王》，一篇為《馬和馬》，前者講述了一個魔術師從借助魔術從敵營巧妙逃脫的傳奇故事，後者以兩匹馬在戰爭時代的遭遇歌頌了患難見真情的友誼。

曹氏圖畫書的題材多樣，可能離不開曹氏小說創作的背景，我們從曹氏圖畫書的選題、情節設置、環境設置、人物設定中，都可以找到其小說作品的影子，例如《我的兒子皮卡》、《草房子》、《火印》等

作品中的角色或情節，都在圖畫書中出現，其圖畫書作品與小說有著強烈的互文關係。在某種意義上說，曹氏圖畫書可以使其小說作品的意涵向低齡讀者滲透，傳達其文學理念，如同其自己所說：用圖畫書為兒童打下精神底子。

## （二）多樣的敘事手法

通觀曹氏圖畫書，我們可以看到，他在敘事線索、敘事視角、敘事聲音等方面，都在進行探索和嘗試，二十多本圖畫書，採用了非常多樣的敘事手法。

曹氏圖畫書在敘事時間和空間上呈現出了其獨有的小說特色。在二十多本圖畫書中，只有三本是在較短的時間跨度，較小的空間範圍內講述一個較為集中的故事，一是《瞧瞧我的花指頭》表現的是一兩天之內皮卡發生的故事，《夏天》講述的是一個夏日午後的故事，《遠方》並沒有明確的時間線索，由於最後一頁是動物們一起觀看落日，可以把故事理解為發生在一天之中；除此之外，其他圖畫書短則表現幾天之內的故事，例如《杯子的故事：失蹤的婷婷》，尋找婷婷的過程至少有幾天到一週，《鳥船》跨越了至少幾個月的時間 ，《八號街燈》經過幾個春夏秋冬，《菊花娃娃》則講述了主人公一生的故

事……此外還有幾個作品的時間是相對架空的，不易用日常時間加以計算，但從敘事和情節發展上看，都經歷了較長的跨度。

相應的，在空間上，有的故事比較集中在一個空間場所，一些故事則故意使用移動的視角涵蓋了很大的空間，例如《小野父子去哪兒了》、《風吹到烏鎮時累了》、《鳥和冰山的故事》、《柏林上空的傘》等。

曹氏圖畫書在敘事線索上大多使用單線索敘事，但在個別作品上也有所突破嘗試，例如在《杯子的故事：失蹤的婷婷》中，作者就採用了小女孩和推銷員兩條敘事線索，如電影鏡頭般進行場景和人物的切換，不同於一般常見圖畫書的鏡頭追隨主角移動的敘事方式。

此外，曹氏圖畫書還借鑒了童謠的藝術表現手法，如連鎖調（也稱頂針歌）（《遠方》），問答歌（《我不想做一隻小老鼠》、《羽毛》）等。這樣的作品節奏更接近於詩歌，內容或結構重複度較高。

一些圖畫書的表現手法更接近於散文，例如《柏林上空的傘》、《第八號街燈》、《風吹到烏鎮時累了》等。

## （三）苦難美學的延續

曹文軒在對自己的小說美學闡述中，著重提出了「苦難」的意義，他說：「佛教的一個基本主題：人生是痛苦的。餓也苦，飽也苦，冷也苦，熱也苦……苦海無邊」，他認為「憂鬱不是無節制的悲苦，更不是絕望的哀嚎，這是一種很有分寸感的情感。對於這一點，兒童文學似乎更應該把握好。它沒有必要向孩子渲染痛苦，誇大苦難。我們不要向孩子隱瞞生活的真實，但似乎應該對其有所沖淡。」這些觀點在曹氏小說中有著具體深刻的體現，而其圖畫書作品，無疑延續了這種苦難美學。

我們對曹氏圖畫書的主題做一分析，就會發現絕大多數作品，作者都會讓主人公處於一種困境，但是並不是所有主人公都能在故事的結局突破這種困境。

筆者將曹氏圖畫書中的人物困境作出以下分析：

## 1 心靈困境

曹氏圖畫書中的角色如痴雞、天鵝、不想做老鼠的老鼠、大河中心被遺棄的樹樁、羽毛、失去鳥的鳥窩、小獵狗、被暴風雨吹離主人的小船以及想要尋找遠方的小動物。這些角色幾乎都在一種自我的迷惘和身分認同的困境中掙扎。痴雞要用生蛋來尋找自己作為一隻雞的

身分認同，羽毛要通過依附於某一隻鳥來尋找身分認同，鳥窩要通過
找到鳥來實現身分認同等等。所有這些角色都在試圖解決和回答「我
是誰？」的問題。

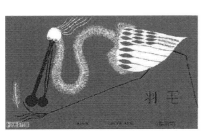

## 2 物質困境

　　曹氏圖畫書中的一些角色陷入了物質困境，但這種物質困境絕不
僅僅是物質的缺乏，還包括了物質的過剩。例如《最後一隻豹子》、
《小野父子去哪兒了》、《夏天》等作品，主人公的困境來自於生活資
源或保障的不足；而《瞧瞧我的花指頭》、《發條鼠》、《失蹤的婷婷》
則明顯表現出了物質的過剩以及它們對兒童生活的影響。

## 3 人際困境

　　人際困境往往來自於隔離，如《煙》、《鳥船》、《菊花娃娃》、《鳥和冰山的故事》、《帽子王》等，都出現了明顯的表現隔離的意象，讓人物試圖突破這種隔離困境。

　　面對這些困境，或者說苦難，作品中的角色也呈現出了多種態度和應對策略。當然有著主動而積極的反抗，例如《羅圈腿的小獵狗》、《我不想做一隻小老鼠》等，但也有的採取隱忍和等待，例如《鳥船》、《一條大魚向東游》，還有的則採用了較為隱蔽的方式，比如《菊花娃娃》中的女子，她認同自己的獨居生活，只是用自己製作的標有菊花標誌的娃娃與世界聯通，這是對自我保留的一點獨特性的追求，也是對人生孤獨本質的承認。當然，還有一些角色並沒有發現自己的困境，例如發條鼠的主人皮卡，《煙》裡面的村民等等。他們有的會在故事中不由自主的走出困境，有的則一直停留在困境裡毫不自覺。

　　以上對苦難、成長、生活的認識，使得曹氏圖畫書展現出了文章
開頭所講到的非同一般的文學厚重感，但也正是這種厚重感在一定程
度上影響了作品的普及性。

## （四）圖畫創作和作者國際化

　　中外圖畫書合作創作並非曹氏圖畫書之首創，但大規模的由中國
作家提供文字故事，延請外國成熟圖畫作者創作圖畫則是曹氏圖畫書
進行的重要嘗試。天天出版社從二〇一三到二〇一五年陸續出版的六
本「中國種子世界花」系列在不同文化差異性在圖畫書作品中圖文的
撞擊和融合上做出了不俗的表現。使中國原創圖畫書在圖文創作上展
現出更多可能性。

　　同時，曹文軒與巴西著名繪本作家米羅合作的繪本《羽毛》由中
國少年兒童出版社出版，並屢獲國際大獎和國內各種獎項。其深刻的
哲學內涵，明顯的繪本創作意圖，以及獨特的裝幀設計，頗具風格的
圖畫都引人注目。更因為推出了定價九十九元人民幣的布面豪華（紀
念）版而成為一時的熱點，其創作者、出版商打造中國高端圖畫書品
牌的意圖十分明顯。

　　曹氏圖畫書中非常引人注目的作品，除了與外國繪者的合作外，
還有與旅居英國的畫家郁蓉合作的《煙》和《夏天》兩本繪本。這兩
本書的作者雖為華人，但因其長期居住於國外，在英國學習插畫，並

與國外作者、出版社有豐富的合作經驗，也帶來不一樣的創作風貌。

　　曹氏圖畫書由於其知名作家的參與，而獲得了得天獨厚的繪者資源，這是普通創作者無法企及的資源高度，也為曹氏圖畫書創作提供了進一步廣泛探索的優勢和可能性。

## （五）圖畫書與小說的互文

　　曹文軒成名於少年小說，其小說著作頗豐，並因其小說著作而獲得國際安徒生獎，可見其創作水平與著作豐厚程度。因此，作者在創作圖畫書作品時，不免使其圖畫書作品與小說產生各種各樣的互文關係。

　　例如《皮卡系列》（《瞧瞧我的花指頭》、《驚聲尖叫》〔待出版〕等）圖畫書，就與作者的《我的兒子皮卡》有著主人公設定、故事情

節等方面的互文關係。又如《馬和馬》則與小說《火印》有內容上的互文。再如《風吹到烏鎮時累了》，如果是熟悉曹文軒小說的讀者，就能從中找到《草房子》、《紅瓦黑瓦》等作品的影子。

曹文軒是一位創作精力旺盛的作家，其早期作品大都把情節設定在江南水鄉，廣為人知的「油麻地」，曹文軒稱；「一個人永遠無法走出他的童年」，他的創作積累必須奠定在對自己童年生活的回憶和思考中。因此，其圖畫書創作也往往從這個基點出發，例如《癡雞》、《鳥船》、《風吹到烏鎮時累了》、《一條大魚向東游》、《瞧瞧我的花指頭》、《小野父子去哪兒》等作品也都有著江南水鄉的生活痕跡。這也是造成其圖畫書作品和小說作品互文的前提條件，即同樣的創作起點。而曹文軒近期的作品，如《火印》、《蜻蜓眼》等則試圖書寫一些並非其童年經驗的故事，而這些故事也有可能再次成為其圖畫書創作的靈感來源。小說和圖畫書，作為同一個文作者的兩種藝術表達形式，有著相關但又完全不同的藝術表達規律，同為敘事性作品，用不同的方式把故事講好，是對作者的挑戰。

## 四　結語

　　如前文所言，曹文軒作為一個具有獨特美學標誌的成熟的小說作者，在進入圖畫書的文字創作時必然遇到兩個重大挑戰，一是如何將小說寫作的大量文字縮減為短小文字，如何將小說的厚重轉換為圖畫書的簡約，又由於曹文軒不願意犧牲其文學的厚重屬性，這個輕重薄厚的關係就變成了極大的挑戰，作者必須在故事的表達層次、人物塑造的簡明與鮮明、敘事線索簡化、情節轉折的合理和集中上做出重大的調整；第二個挑戰則是原來的文字在不得不刪減時，圖像是否可以承擔起文字所要表達的內涵，作為一個小說作者，文本的表達主要是個人的創作，而作為一個圖畫書文作者，其表達效果則受到了圖作者一半以上的制約，一個完整的故事創意轉化為篇幅一般只有三十至四十個頁碼，不足一百頁的畫面中如何完整呈現，如何把文字語言與圖像語言配合，都不再是文作者能左右的。儘管如「中國種子世界花」這樣的出版設計中，試圖用外國成熟的插畫家來完成這種配合，但中外不同的文化，文圖不同的表達方式是否能夠完整表達作者的意圖，也還需要進一步探索。而在其他中國插畫家的作品中，則可以看到一些表現上的失誤，在一定程度上減損了作品文字所要表現的內涵。

　　圖畫書是一個流動性的概念，它的基本元素，除圖與文之外，最重要的就是：敘述的能力。如何運用圖文和書籍設計完成整體的敘述，是擺在曹文軒以及所有中國原創圖畫書作者面前的需要慎重思考和不斷嘗試的問題。

　　中國悠遠的文化藝術歷史中，並不缺乏具有圖文敘述能力的作品，有研究者認為中國的圖像連續敘事發生於魏晉時期，在唐代已經有相當程度的發展，而從陳葆真的《洛神賦圖與中國古代故事畫》（浙江大學出版社，2012年5月）等研究專著中，我們也可以看到早期中國圖像連續敘事的傳統和寶貴財產。這都是值得當代的創作者深入學習和思考的。當代台灣的一些圖畫書作品，運用圖畫對市民生活場景進行描繪，已經做出了一些嘗試，如張哲銘圖文的《夜市》、《菜市》等，這些作品在繼承、發揚和創新著圖畫書的敘述手法。

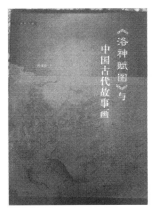 

張哲銘圖文，步步出版，2017年7月

　　總體而言，曹文軒從二○一○年至今出版的二十五本（套）圖畫書作品，從一開始就具有了某種「現代」、「中國」品牌形象，無論是作者要創作不同於西方標準的圖畫書的宏願，還是出版社試圖打造具有中國兒童文學特色的圖畫書品牌，都讓這些創作有著遠多於兒童文

學作品的社會文化屬性和商品文化屬性，這大概也是成名作家進入圖
畫書創作的一個必然的束縛，也讓他們不得不做出更多的努力和自我
突破才能實現作品的文學性、兒童性和民族性的融合。

### 附錄一　曹文軒圖畫書獲獎情況基本資料

| 書名 | 繪者 | 出版日期 | 獲獎 | 出版社 |
|---|---|---|---|---|
| 最後一隻豹子（純美繪本） | 李　蓉 | 2010年6月第1版1刷 | 2011年度輸出版優秀圖書獎<br>2011年華東六省優秀少兒讀物編輯獎、一等獎<br>第四屆中華優秀出版物（圖書）獎 | 明天出版社 |
| 癡雞（純美繪本） | 楊春波 | 2010年6月第1版1刷 | 第四屆中華優秀出版物獎<br>插畫入選「慶祝中華人民共和國成立六十週年山東美術作品展」 | 明天出版社 |
| 馬和馬（純美繪本） | 芊　隈 | 2012年3月第1版1刷 | 第三屆中國出版政府獎<br>2013年冰心兒童圖書獎<br>2012年度輸出版優秀圖書獎 | 明天出版社 |
| 羅圈腿的小獵狗（純美繪本） | 芊　隈 | 2014年3月第1版1刷 | 第三屆中國出版社政府獎<br>第四屆中華優秀出版物獎 | 明天出版社 |
| 我不想做一隻小老鼠（中國種子世界花） | 派特里奇亞、多納 | 2014年11月第1版<br>2015年6月第2次印刷<br>2015年12月第3次印刷 | 第十屆文津圖書獎推薦圖書 | 天天出版社 |

| 書名 | 繪者 | 出版日期 | 獲獎 | 出版社 |
|---|---|---|---|---|
| 夏天 | 鬱蓉 | 2015年9月第1版1刷 | 入選新教育研究院新閱讀研究所主辦的2015年「中國好童書100+」<br>當當網2015十大中國原創新書2016華潤怡寶杯「我最喜愛的童書」評選提名 | 二十一世紀出版社 |
| 一條大魚向東遊（純美繪本） | 龔燕翎 | 2010年6月第1版<br>2015年4月第3次印刷 | 第四屆中華優秀出版物（圖書）獎<br>入選新聞出版總署第三屆「三個一百」原創出版工程<br>2011年冰心兒童圖書獎 | 明天出版社 |
| 鳥船（純美繪本） | 龐彥 | 2012年3月第1次印刷<br>2012年6月第2次印刷 | 第四屆中華優秀出版物（圖書）獎<br>2013年冰心兒童圖書獎<br>2011年華東六省優秀少兒讀物編輯獎、一等獎 | 明天出版社 |
| 飛翔的鳥窩（純美繪本） | 程思新 | 2013年5月第1版1刷 | 第四屆中華優秀出版物獎<br>2013年冰心兒童圖書獎 | 明天出版社 |
| 菊花娃娃（純美繪本） | 趙蕾 | 2010年6月第1版<br>2013年3月第4次印刷 | 第四屆中華優秀出版物（圖書）獎<br>入選新聞出版總署第三屆「三個一百」原創出版工程 | 明天出版社 |
| 杯子的故事：失蹤的婷婷 | 海倫娜、威利斯 | 2013年8月第1版<br>2015年12月第2次印刷 | 2013年度輸出版優秀圖書 | 天天出版社 |
| 煙 | 鬱蓉 | 2014年4月第1版1刷 | 2015年陳伯吹國際兒童文學獎繪本獎 | 二十一世紀出版社 |

| 書名 | 繪者 | 出版日期 | 獲獎 | 出版社 |
|---|---|---|---|---|
| 帽子王（中國種子世界花） | 馬瑞吉歐葛瑞歐 | 2015年5月第1版1刷 2015年12月第2次印刷 | 入選「紀念抗日戰爭勝暨世界反法西斯勝利70周年」主題出版圖書 | 天天出版社 |

（以上內容來自互聯網搜索和部分出版社提供，未盡內容繼續收集整理中。）

# 走向原創之路

## 一　前言

　　重視自己的原創是趨勢，也是地球村的必然結果。目前所謂的寫好中國的故事？可以是創新，也可以是重新書寫，又是時下的流行。讓國人（尤其是兒童）了解文化、了解歷史，重現記憶，或許是件刻不容緩的事。

　　有人說兩岸的兒童文學（尤其是繪本）似乎是聯合國，什麼都有，就是沒有自己。這是全球化弔詭之下的遺毒。如何重現自己的原創是趨勢，也是時候，但為啥我們總是質疑？

　　試引吉尼特・佛斯（Jeannette Vos）、高頓・戴頓（Gordon Dryden）於《學習革命》*The Learning Revolution*中，認為塑造明日世界有十五個大趨勢，其中之十是「文化國家主義」的一段話作為前言：

　　當全球愈來愈成為一個單一經濟體，當我們的生活方式愈來愈全球化，我們就會愈來愈清楚的看到一個相反的運動，奈斯比稱之為文化國家主義。「當世界愈來愈像地球村，經濟也愈來愈互賴時」，他說，「我們會愈來愈講求人性化，愈來愈強調彼此間的差異，愈來愈堅持自己的母語，愈來愈

想要堅守我們的根及文化。

即便是歐洲由於經濟原因而結盟，我仍認為德國人會愈來愈德國，法國會愈來愈法國」。

再一次的，這其中對於教育又有極為明顯的暗示。科技愈加發達，我們就會愈想要抓住原有的文化傳統——音樂、舞蹈、語言、藝術及歷史。當個別的地區在追求教育的新啟示時——尤其是在所謂的少數民族地區，屬於當地的文化創見將會開花結果，種族尊嚴會巨幅提升。（見林麗寬譯：《學習革命》，中國生產力中心，1977年4月，頁43-44。）

## 二　繪本是什麼？

本文所指繪本，是屬於兒童文學範疇之下的一種文類，它是以圖畫的方式呈現的故事書，是用孩子喜愛的圖畫語言，以及孩子能夠理解的圖畫表現手法，向孩子展現一種神奇的、充滿想像與創意的世界。低幼孩子的喜好和大人不太一樣，他們喜歡誇張、新奇、充滿樂趣，有別於真實生活故事；不喜歡枯燥的故事，乏味的敘事。因此，寫給孩子看的書，特別是繪本，較之於大人看的書，總是洋溢著濃郁的趣味、歡愉性和遊戲性，這種趣味性、歡愉性和遊戲性，即是創意與想像力的實踐，也就是美學範疇中的滑稽藝術。

用培利‧諾德曼（Perry Nodelman）的說法：

圖畫書這種以年幼孩子為取向的書，它和其他言辭或視覺藝術的形式有所不同，主要是因為它透過一系列的圖畫，結合較少的文字或甚至沒有文字，以傳達訊息或說故事。這些書裡的圖畫和文字傳達訊息的方式和其他形式裡的圖畫和文字不一樣。

（見《話圖——兒童圖畫書的敘事藝術》，前言，兒童文化基
金會，2010年11月，頁40。）

又就圖、文之中的故事而言，「一本圖畫書至少包含著三個故
事：一個是文字講述的故事；一個是圖畫暗示的故事；還有是文字與
圖畫相結合而產生的故事。」（見佩里．諾德曼著，陳忠美譯：《兒童
文學的樂趣》，少年兒童出版社，2008年12月，頁483-484。）

　　繪本可分為下列四種：用圖畫來說故事的「圖畫故事書」；教數字、字母與形狀的「概念書」；教童謠、童詩的「韻文圖書」；以及用圖文傳達知識的「知識繪本」等四種。（見2007年12月，空中大學，《兒童讀物》，頁79。）

　　一本繪本是由「圖畫」、「訊息」與「書」三種元素所組成，但它的運用卻依賴四種語言來完成，包括「圖像語言」、「文字語言」、「文脈語言」和「空間語言」。其中「圖像語言」與圖畫元素有關，「文字語言」傳達表層訊息（如故事情節），「文脈語言」則處理深層訊息（如故事文化脈絡），而「空間語言」則將硬邦邦的書籍裝幀變成有生命的藝術活動。（見《插畫與繪本》，空中大學，2013年8月，頁192-193。）

　　而我們在繪本的閱讀與賞析，也可以從了解這三元素、四語言入手的四種閱讀策略：

　　　　觀賞繪本裡的藝術之美。

　　　　聆聽繪本裡的故事和語文之美。（亦即說故事的藝術）

　　　　去探索繪本的文化脈絡。

　　　　去體驗繪本的戲劇演出。（同上，頁198。）

　　以上簡述了繪本是什麼，但我不得不強調其中兩點：

　　一者，繪本之所以異於其他插畫的書，其關鍵在於敘事。

　　再者，繪本的界定也是隨時代而流動，但就兒童繪本而言，要皆以立足於兒童為本。

## 三　我們似乎應該理解的事

個人讓認為有心於繪本創作的人，似乎應該理解下列的幾件事：

### （一）現代化與全球化

從人類歷史的發展過程來看，有三大重要革命：大約七萬年前，認知革命讓我們所謂的歷史正式的啟動；大約一萬兩千年前，農業革命讓歷史加速發展；到了大約不過是五百年前，科學革命可以說是讓過往的歷史告一段落，而另創新高。（哈拉瑞著，林俊宏譯：《人類大歷史》，遠見天下，2014年8月，頁9-10。）

這次的科學革命，歷史學家、社會學會所能給予的名詞之一當是「現代化」。

而現代化正是傳統中國巨變的動力。就兒童文學而言，所謂「兒童文學」的出現，即是傳統啟蒙教育的解組，它是整個新文化運動的一環。

「兒童文學」一詞，隨著新文學運動在中國出現。它的出現，緣於教育觀念的改變，以及通俗文學的振興。兒童教育觀念的改變，通俗文學的振興，又是源自於道光十八年（1838年）林則徐在光州禁煙始，而後構成廣泛覺醒之重大關鍵，形成種種思想變化。此一歷史事實，實為衝激思想演變之原動力。近代文學之巨變，其創意啟念，亦當自此為起始。思想動力總綱，原為力求救己圖存，在此動力推挽之下，於是展開種種思潮之激盪，演為種種之改革論說，文學之工具功用，遂亦成為思考目標之一。

現代化的特色有二：

1　它是根源於科學與技術。
2　它是全球性的歷史活動。

更明確的話，它是十七世紀自牛頓以來導致的科技革命的產物
（工業革命）。

所謂現代化是指用科技之知識宰制自然，解決社會與政治的過
程。這種現代化自發生源頭來說：

1 自我本土的發展或內發性的現代化。

2 外力促逼而生或外發性的現代化。

而中國的現代化是始於西方陌生的技器（船與炮利）。其心理動
機是「雪恥圖強。」

金耀基認為中國現代化的歷程如下：

| 　　　　年代<br><br>類別 | 1840-<br>1895 | 1896-<br>1898 | 1899-<br>1914 | 1915 | 1949-<br>1977 |
|---|---|---|---|---|---|
| 階段名稱 | 洋務運動<br>自強運動 | 百日維新 | 辛亥革命 | 新文化<br>運動 | 共產黨社會<br>文化大革命 |
| 代表人物 | 曾國藩<br>李鴻章<br>張之洞<br>恭親王 | 康有為<br>梁啟超 | 孫中山 | 陳獨秀<br>胡適 | 毛澤東 |
| 現代化特質 | 器用的現代化 | 制度的現代化 | | 思想的現代化 | 思想的改進 |

（以上見金耀基：《金耀基社會文選》，幼獅文化出版社，1985年3月，
頁3-35。）

而所謂中國現代化的歷程，正是中國現當代的夢魘，也是魔咒，
長期以來深陷其中且難以自拔。

「全球化」是一個備受爭議的「名稱」。從後殖民觀點，則認為
全球化是一種殖民主義。後殖民主義因有薩依德（Edward Said, 1935-

2003）、佳亞特里・C・斯皮瓦克（Gayatri C. Spivak, 1942-）、霍米・巴巴（Homi K. Bbabba, 1949-）等三位代表人物先後發表論述，使得學界對後殖民主義的研究與文化身分、種族問題、離散現象以及全球化問題融為一體，並在一些第三世界國家釀起了民族主義的情緒。

全球論者相信全球化是一個真實且重大的歷史發展。它是過去幾個世紀以來的實質結構性變化。

王寧認為全球化至少具有下列七種特徵：

（1）全球化是一種全球經濟運作的方式。

（2）全球化是一個漫長的歷史過程。

（3）全球化是一個金融市場化和政治民主化的漸變過程。

（4）全球化是一個充滿爭議的批評概念。

（5）全球化是一種敘述範疇。

（6）全球化是一種文化建構。

（7）全球化是一種理論話語。（見《後理論時代的文學與文化研究》，北京大學出版社，2009年8月，頁218。）

可見全球化現象是複雜且多面向的。

學者檢視全球化的過程，發現其核心在於科技。雖然，科技是獨立於社會脈絡，可是科技的發展卻會造成社會、國家、文化和個人的運作方式與認知自我方式的改變。

當然，全球化或許已經成了不爭的事實，但是全球化的影響和播撒不只是停留在經濟和國際交往上，文化的全球化亦趨突顯出現。可是我們也不樂意單一性，或以歐、美為中心。

全球化：帶來跨國交流意味著自由、離散的合理化、時空的壓

縮、旅行的理論化。理論上全球化是去中心與疆域，因此，沒有真正的全球文化，因為認同和文化歸屬必須仰賴情感和傳統的共鳴。

John Tomlinson 在《文化與全球化的反思》一書中，論及世界主義的可能性（頁221-254）。世界主義者（Cosmopliton）的原意是「世界公民」，在全球化情境之下，公民身分的觀念在政治領域中發揮了特定影響。其重點在於超越國族、國家政體的民主形式和政治制度。作者將世界主義的概念視為一種文化形式。他認為成為「世界公民」意味著他的文化傾向不止於在地之關切，也認知到全球歸屬，這種心態就是有效的全球治理中要落實「生活方式的參與」之前提要件。漢納茲（Hannerz）形容世界主義是一種展望、心態或……處理意義的模式。也就是說它是一種理念而已。

又王寧在《後理論時代的文學與文化研究》一書中（頁14-15）在討論全球化語境中的文學與文化的生存價值和命運前途，認為應該以世界文學（Weltliteratur）作為出發點。

王寧認為世界文學這個概念最先是由歌德一八二七年正式提出的，後來馬克思主義創始人根據當時的政治、經濟形勢及其對文化知識生產的影響提出了新的「世界文學」概念，這對比較文學這門新興的學科在十九世紀後半葉的誕生和在二十世紀的長足發展都起到了推波助瀾的作用。但是，對於「世界文學」這個概念，我們將作何解釋呢？王寧認為從文化差異和多元發展走向這一辯證的觀點來看，這種「世界的文學」並不意味著世界上只存在著一種模式的文學，而是在一種大的宏觀的、國際的乃至全球的背景下，存在著一種仍保持著各民族原有風格特色、但同時又代表了當今世界最先進的審美潮流和發展方向的世界文學。由此看來，世界文學不是一個固定的現象，而是一個旅行的概念。在其旅行和流通的過程中，翻譯扮演了重要的角色，可以說，沒有翻譯的中介，一些文學作品充其量只能在其他文化

和文學傳統中處於「死亡」或「邊緣化」的狀態。同樣，在其世界各地的旅行過程中，一些本來僅具有民族／國別影響的文學作品經過翻譯的中介將產生世界性的知名度和影響，因而在另一些文化語境中獲得持續的生命或來世生命；而另一些作品也許會在這樣的旅行過程中，由於本身的可譯性不明顯或譯者的誤譯而失去其原有的意義和價值，因為它們不適應特定的文化或文學接受土壤。

由此可知，正是通過翻譯的中介，世界文學在不同的民族／國家才有了不同的版本，從而消解了所謂單一的「世界文學」的神話。

無論世界主義或世界文學，似乎皆屬理想式的烏托邦思維；而全球化有其誤區與盲點，下列二者可以參考：

之一：《禮記：禮運大同章》：

> 大道之行也，天下為公。選賢與能，講信脩睦，故人不獨親其親，不獨子其子，使老有所終，壯有所用，幼有所長，矜寡孤獨廢疾者，皆有所養。男有分，女有歸。貨惡其棄於地也，不必藏於己；力惡其不出於身也，不必為己。是故，謀閉而不興，盜竊亂賊而不作，故外戶而不閉，是謂大同。

大同世界是儒家的理想世界，似乎從來也未實現過。退而求其次的「小康」也不易。

之二：巴別塔

> 那時，天下人的口音言語都是一樣。他們往東邊遷移的時候，在示拿地遇見一片平原，就住在那裡。他們彼此商量說：來吧，我們要作磚，把磚燒透了。他們就拿磚當石頭，又拿石漆當灰泥。他們說：來吧，我們要建造一座城和一座塔，塔頂通

天，為要傳揚我們的名，免得我們分散在全地上。耶和華降臨，要看看世人所建造的城和塔。耶和華說：看哪，他們成為一樣的人民，都是一樣的言語，如今既作起這事來，以後他們所要作的事，就沒有不成就的了。我們下去，在那裏變亂他們的口音，使他們的言語彼此不通。於是，耶和華使他們從那裡分散在全地上。他們就停工不造那城了。因為，耶和華在那裡變亂天下人的言語，使眾人分散在全地上，所以那城名叫巴別。

——《創世記》11:1-9

巴別塔是聖經裡著名典故。巴別（Babel）是希伯來語中的「巴比倫」，原義為通向神的大門。但是在希伯來文化的語境中，則是「混亂」。

數千年來，巴別塔被賦與了數不清的意義。在全球化的現代知識體系的文化內涵，無論如何都是意味深長的。

全球化論者如果多以麥克魯漢（Marshall Mcluhan, 1911-1980）重塑「地球村」概念入手，更能有休戚與共、四海一家的感覺，和道德涉入的本質。

全球化論點要皆以政治、經濟入手，或許從人類學觀點，會拋開不必要的霸權與衝突。

湯林森（John Tomlinson）在《文化與全球化的反思》（韋伯文化國際出版公司，2007年9月）一書中，讚揚一種「世界主義」的理想。他認為世界主義的原意是成為「世界公民」，這意味在全球化情境下，現代公民不僅關切於在地的議題，同時會體認到自身與世界各地人們的密切關係以及對全球事務的責任。

懷抱世界主義的人們，必須有歸屬於全世界的積極參與感，他們需要體認到不受限於在地環境的「遙遠認同」，更要能抱持「四海皆

兄弟」的觀念，願意承受人類的公共風險和相互責任。以近來的全球暖化議題為例，由於工業國家排放越來越多廢氣，已造成全球氣候異常、水災頻繁出現等危機，相信讀者也能感同身受，但這些問題有賴世界各國來共同解決。

另一方面，世界主義者必須了解：在地文化不過是全世界中眾多的文化之一，我們必須以開放胸襟去接受文化差異，因此，人們也要反思在自身文化中的各種假設與迷思。當然，如果過分強調世界文化的多元性，很容易推導出一種簡化結論：所有價值不過是「在地性」的，它們無法產生任何影響力，使得我們可以放棄對全球的責任。針對這種疑慮，紀登斯指出世界主義是一種平等的「智識關係」，而世界主義者雖然不認為各種價值是完全對等的，卻主張個人和團體有責任將自身特有的理念落實。

不同國家有不同歷史背景和文化價值，因此面對全球化的趨勢，便興起「在地化論者」（localizationist）的質疑，他們要求國際經濟的整合應由在地國觀點出發，尤其須顧及在地勞工與企業的利益，並掌握自身的主體性，發展在地的認同和特色。全球化假象引爆了與在地化精神的嚴重矛盾，觸動了在地主體性的要求，各國弱勢群體紛紛注意到自主權力的保障。據此，形成了「全球思考，在地行動」（think globally, act locally）的新趨勢。羅伯士頓（Roland Roberston）所提出的「全球在地化」（globalization）的觀念可消解全球和在地的對立關係，他指出「在地」代表了特殊性、「全球」意指著普遍性，然而兩者並非兩個極端的文化概念，它們反而可以相互滲透的。換言之，人們的生活世界是由當地事務構成的，所以全球性的責任也必須透過在地行動來實踐。（詳見丘忠融撰：《文化與全球化的反思：書鼻子》。）

## （二）圖像轉向

美國 W. J. T. 米歇爾《圖像理論》（陳永國、胡文徵譯，北京大學出版社，2006年9月）一書裡，宣布圖像轉向，時間是一九九四年，他說：

> 羅蒂的哲學史的最後階段就是他所說的「語言的轉向」，在人文科學的其他學科中產生複雜共鳴的一個發展。語言學、符號學、修辭和各種「文本」模式都成了關於藝術、媒體和文化形態式的批評反思的混雜語。社會是一個文本。自然與其科學再現是「話語」。甚至無意識也像語言一樣被建構的。
>
> 知識和學術術語中的這些轉變必定是相互關聯的，而非那樣緊密地相關於日常生活和普通語言，這並非特別顯見。但看起來的確清楚的是，哲學家他所談論的另一次轉變正在發生，又一次關係複雜的轉變正在人文科學的其他學科裡、在公共文化的領域裡發生。我想要把這次轉變稱作「圖像轉向」。（《圖像理論》，北京大學出版社，2006年9月，頁2-3。）

2006.9　　　2012.5

圖像轉向何以在二十世紀後半葉發生，當然視像和控制技術時代，電子在生產時代，它以前所未有的力量開發了視覺類項和幻象的新形式。

當然，圖像轉向不是回歸到天真的模仿、拷貝或再現的對應理

論，也不是更新的圖像「在場」的行而上學，它反倒是對圖像的一種
後語言學的、後符號學的重新發現，將其看作是視覺、機器、制度、
話語、身體和比喻之間複雜的互動。他認識到觀看（看、凝視、掃
視、觀察實踐、監督以及視覺快感）可能是各種閱讀形式（破譯、解
碼、闡釋等）同樣深刻的一個問題，視覺經驗或「視覺讀寫」可能不
完全用文本模式來解釋。最重要的是，他認識到，我們始終沒有解決
圖像再現的問題，現在它以前所未有的力量從文化的每一個層面向我
們壓來，從最精華的哲學理論到最庸俗的大眾媒體的生產，使我們無
法逃避。傳統的抑制策略似乎不再有用了，於是乎所謂的「圖像轉
向」形成了「視覺文化」。（同上，頁6-7。）

　　其實，圖是文的前奏，雖然這個序曲喧賓奪主演奏了幾萬年，沒
想到今天圖像又集體返祖，走回了讀圖時代，圖的全方位表達和多指
向性充滿了魅惑，於是有了視覺人類學的詞法、句法、語段和修辭。
（見王海龍《讀圖時代：視覺人類學語法和解密》，目次第三部，〈看
圖說話‧前言〉，2013年6月，上海錦繡文章出版社。）

　　至於視覺文化研究的主要範疇和關鍵詞：符號、身體與世界。

　　繪本由於自身的演進，以及「圖像轉向」的驅動，已然成為一種
獨立的文類，並且閱讀對象亦不再以低幼孩子為主；可是文本仍將其
歸之於兒童，對象仍是以低幼孩子為主，其理由是期望透過孩子閱讀
的繪本，似乎更有助於成人重現童年，以及體驗無邪的創意與想像。

　　圖像轉向，所謂的繪本也因此演變為一種獨立的文體或文類。而
閱讀也進入讀圖時代與視覺文化時代，而兒童繪本也因此更豐富與
多樣。

## （三）文化轉向

　　所謂文化轉向，是指從上層菁英的角度轉向中、小階層的日常生

活，其研究對象不只語言符號文本，還包括電影、攝影、時尚、服裝、髮型等就有意義的文化表意系統。文化的內涵被大大的擴展了，不僅包括高雅藝術與通俗藝術，也包括日常生活以及在其中顯現出來的意義。

一九五六年，英國學者雷蒙・威廉斯（Raymond Willams）和李察・霍加特（Richard Hoggart）對於當時英國文學研究中的「大敘事」不滿，認為文學不僅是為了受過高等教育的白人，而是更應接近勞工階級。因為中下階層的大眾更喜歡通俗文化，所以後來的「文化研究」也逐漸以「通俗文化」為主要研究範圍，是以兩人於一九六四年成立了著名的「伯明罕當代文化研究中心」，他們關心的是日常生活中的意義與活動。

而人類學的世紀之旅可以總結出意義深遠的三大發現。這正是後來居上並給整個人文社會學科帶來重要轉向的關鍵所在：人的發現、文化的發現、現代性原罪的發現。

　　所謂人的發現，是指人類學這門學科第一次實踐對全球範圍的不同文化和不同族群的全面認識，並在此基礎上宣告：地球上任何一個角落的任何一個族群，不論其生產力與物質水平如何差異，在本質上都是同樣的族群種屬，其文化價值也同樣沒有優劣高下之分。

　　文化的發現是人類學界講述得最多的一面，是二十世紀人類最重要的發現。廣義的文化是相對於自然而言的；宇宙萬物中唯獨人類創造了文化，因此人可以定義為文化動物。狹義的文化即小文化概念，是指人類的特定族群所持有的一整套感知、思維和行為特徵。在這一意義上，人類學家說到愛斯基摩文化、瑪雅文化、古希臘文化和納西族文化等。於是，通過研究文化，人類學能夠解釋以往不得其門而入的許許多多的人類族群之差異及社會構成原理。

　　現代性原罪的發現，指通過對世界上千千萬萬不同文化的認識和比照，終於意識到唯獨在歐美產生的資本主義生產生活制度及現代性後果，是一種特殊文化現象，它既不是人類普世性的理想選擇，也不是未來人類唯一有美好預期的方向選擇。從生態和地球生物的立場看，現代性已經將人類引入危險和風險之途。

　　人類學的文化相對原則，一方面啟發人們用平等的眼光重新看待世界的主流文化與非主流文化；另一方面也自然導向一種全球公正理論，使得盲從西方現代性的主流思考方式受到質疑：為什麼總數以千計的原住民社會在沒有外界干預的情況下是可持續的，而現代化的高風險社會反而是不可持續的！處在前現代的文化——原住民生態文化作為鏡子，反照出現代文明的醜陋和瘋狂的一面。（以上見葉舒憲《文學人類學教程》，頁14-15）

　　因此，對於各族群文化，則採文化並置〈cultural juxtapoition〉，文化並置是出自人類學理論的一個命題，後來推廣運用到文學藝術和影視創作，指寫作中常見的一種技巧，及通過將不同文化及其價值觀

相並列的方式，使人能夠從相輔相成或相反相成的對照中，看出原來不易看出的文化特色或文化成見、偏見。文化並置所帶來的認識效果，類似日常生活中的反觀或者對照。在反觀之中，可將原來熟知的東西陌生化，從大家習以為常的感知模式超脫出來。在後殖民批判的視野中，文化並置會以激進的邊緣立場，對所謂正統觀念和主流價值加以顛覆、翻轉。（同上，頁120。）

## 四　走在原創的路上

原創的主體是人，以下是論原創者的角色與思維，亦即從身體轉向來說明身分認同，與國民核心素養的問題。

### （一）身分認同

在傳統單一封閉的年代裡，人一出生，身分也就定了，甚至終生少有變化。《論語》〈子路〉篇：

> 子路曰：「衛君待子而為政，子將奚先？」子曰：「必也正名乎！」子路曰：「有是哉？子之迂也！奚其正？」子曰：「野哉，由也！君子於其所不知，蓋闕如也。名不正，則言不順；言不順，則事不成；事不成，則禮樂不興；禮樂不興，則刑罰不中；刑罰不中，則民無所措手足。故君子名之必可言也，言之必可行也。君子於其言，無所苟而已矣！」

這是從政治的立場談正名，其實就是身分認同。身分認同是心理學與社會學的一個概念，指一個人對自我特性的表現，以及與某一群體之間共有的概念（國籍或文化）的表現。身分認同的類型大致可分

為：拒絕、漂流、搜尋、保衛和堅定。身分認同與鑑定不同，身分是自我的標籤，而鑑定是指一個分類的過程。

在當代文化研究或文化批評中，「identity」一詞具有兩種基本含義：一是指某個個人或群體據以確認自己在一個社會裡之地位的某些明確的、具有顯著特徵的依據或尺度，如性別、階級、種族等等，在這個意義，我們可以利「身分」這個詞來表示。在另一方面，當某個人或群體試圖追尋、確認自己在文化上的身分時，「identity」也被稱為認同，實際上「identity」的這兩種含義是密切相關的，確切的說，它的基本含義是指一種「同一性」，即某種事物原本固有的特質、本質等等。（見汪初民編著：《文化研究關鍵詞》，江蘇人民出版社，2007年1月，頁283。）

簡單的說，身分與認同取決於歸屬感。在傳統社會裡是很少受到質疑。所謂「認同危機」是晚近現代性（late-modernity）的特色之一。全球化產製了各式各樣的認同結果，全球行銷所推動的文化同質性（culture homogeneity），導致認同脫離了社群與身分地位而獨自存在。此外，文化同質化可以強化與重申某些國家與本土認同，它可能導致抵制與反抗，或者新的認同位置出現。（見2004年9月，Kathryn Woodward，林文琪譯《身體認同——同一與差異》，頁23。）

認同一詞是指定一個主體如何確認自己在時間空間上的存在。這個自我認識、自我肯定的過程涉及的不只是自我對一己的主觀了解，也摻雜了他人對此一主體之存在樣態是否有同樣或類似的認識。一個人要形成充足的自我認同必須透過許多途徑，包括性別、家族、社會階層，以及宗教信仰等方面的認同。一個人對他自己在所著落的時空脈絡中越是有清楚的指認，就越能回答「我是誰？」這樣一個既簡單又複雜的問題。因此《身體認同——同一與差異》一書中，說明了在

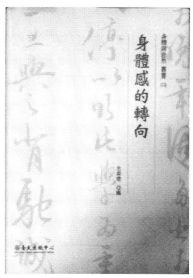

使用認同一詞時，經常交纏出現的三個相互重疊、相互關聯的詞彙，也就是說論及認同會指涉到三種概念：

1 認同作為一種主體性：從宗教世界轉向世俗社會的過程中，長久以來，人們喪失了內在道德以及精神上的確定性，來作為統理互動規範的準則。而由數位化科技促成的「擬像文化」（the culture of simulation），已經在我們構成的個人認同經驗中，造成了基本的轉變。

2 認同作為一種相互主體性：差異出現在自我的內部之中，自我不再是一個統合的整體，而是一個在與他人互動的過程中，不斷改變的東西。

3 認同作為社會連帶的基礎：認同形構的生態學式動態觀點指涉的內容，遠超出人與領土間的關係。（以上見《身體認同──同一與差異》，頁477-478。）

而身分認同從後殖民論述觀點看，它是在於還原歷史與記憶，因此特別著重文化記憶。且近三十餘年，人文與社會科學界經歷了兩次與身心議題相關之研究取向的轉變。一九八〇年代出現了「身體的轉

向」（the body turn），強調身心二元論的謬誤，並積極將身體重新帶回人文及社會科學的研究；一九九〇年代出現「感官的轉向」（the sensorial turn），強調感官經驗不只是生理研究，亦屬歷史與社會研究的範疇。而今又有提出「身體感」。（見余舜德編著：《身體感的轉向》，臺灣大學出版中心，2015年12月。）

個人認為無論身分認同、文化記憶、身體轉向、感官轉向與身體感轉向，只是淡化了政治意涵，而強調人個體的主體性與自主性，而這個主體性與自主性更必須務實有身體的感知。其實從存在主義的觀點來說，要弄清楚我們的存在處境之中考成我們的存在。我們永遠是一個個體，特殊的自我，但這個「自我」卻永遠存在於一個社會之中，且非孤立的存在。

## （二）核心素養

核心素養是目前國際流行的學術語言。其對象是泛指國民。一般稱之為「國民核心素養」。基礎教育以核心素養來思考國民教育課程的發展，以求兼顧學習者的自我實現與社會的優質發展。

「國民核心素養」是個性發展與社會發展的關鍵，有助於個體發展的自我實現與社會發展的凝聚團結，因此，受到許多國際組織的重現。如聯合國教科文發展組織（OECD）等國際組織，近年來卻十分重視國民核心素養的未來課程，特別是OECD進行「素養的界定與選擇」之跨國際與跨學科領域研究，特別強調國民核心素養，培育能自我實現與社會健全發展的高素養國民與世界公民的基礎。

中國學生發展核心素養研究依科學性、時代性和民族性為基本原則，以培養「全面發展的人」為核心，反映新的時期經濟、社會發展對人才培養的新要求，高度重視中華優良傳統文化的傳承與發展，系統落實社會主義核心價值，核心素養分為文化基礎、自主發展、社會

參與三個方面。綜合表現為人文底蘊、科學精神、學會學習、健康生活、責任擔當、實踐創新六大素養，具體細分為國家認同等十八個基本要點，各素養之間相互關係、互相補充，相互促進，在不同情境中整體發揮作用。試以表列如下：

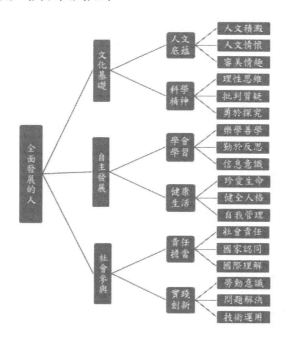

## 五 結語

在前言中我已提及重視原創，是趨勢，也是時候。又透過對現代化與全球化、圖像轉向、文化轉向的論述，我們理解「全球思考，在地行動」的「全球在地化」已然成為必然的趨勢。

全球化是無可避免的事實與存在，而在地化則是嚴肅課題；面對教育兒童的文學，如何讓兒童認識自我、認識自己所處的環境，如何認同民族與國家，這是創作者必須面對的課題，亦即是所謂的身分認同，尤其文化記憶的認同，直白的說，就是有中國元素的存在。申言

之，中國元素或身分認同並非意識型態的灌輸，其分際或許就在核心素養，能有核心素養，自能有科學性、時代性與民族性，無論以何種形式呈現，皆不離身分認同，也因此所謂的「一帶一路」的中國大陸方案全球化，才會有實現的可能，亦即是呈現多元共生與眾聲喧嘩，而在多元與眾聲中，可見自己的歷史與記憶，更是各自的自主性與主體性。

最後，我再引艾略特在〈傳統與個人才能〉一文中的幾段作為結束：

> 每一個國家，每一個民族，都有不僅有自己的創作習慣，而且還有自己的文學批評的習慣。（頁1）

> 傳統是一個具有廣闊意義的東西，傳統並不能繼承。假若你需要它，你必須通過艱苦勞動來獲得。首先，它包括歷史意識。對於任何一個超過二十五歲仍想繼續寫詩的人來說，我們可以說這種歷史意識幾乎是絕不可少的。這種歷史意識包括一種感覺，即不僅感覺到過去的過去性，而且也感覺到它的現代性。（頁2）

# 記安徒生

## 一 前言

　　安徒生是鞋匠與洗衣婦的兒子，失戀三次，終生未娶，也不購置房產，二十六歲開始旅行，一八七五年八月四日去世，且是死在朋友家中，三十歲出版第一版童話，便享譽全丹麥，而實際上，他也是以寫成人的文學作品開始的，他寫過詩、小說、劇本和遊記。而他最嚮往的是演員。雖然，他一生死命地求取聲明與溫情，他對名聲的虛榮甚至到了毫不掩飾的童稚情態。雖然，格林兄弟對他並不是很禮遇。雖然，他喜歡女紅、家事，且有同性戀的之嫌。可是，這些都已是過眼雲煙，如今，作者已死，作品已成文本，且是可書寫的文本，他已是人類共有的文化財產。

## 二 西方的童話

　　以文化的觀點來看，就童話而言，我們不得不以西方說起，並且提下列這些人：

　　貝洛爾（1628-1703）

　　格林兄弟（1785-1863 1786-1859）

　　安徒生（1805-1875）

　　蘭格（1844-1912）

我們且從蘭格童話，該童話計收四三八篇，若以出處國別來看：

格林童話有四十二篇、日本童話有十四篇，安徒生童話與冰島各有十三篇，丹麥童話有十二篇，匈牙利與德國童話各有十一篇，蘇格蘭與西西里島童話十篇，塞爾維亞、俄羅斯；希臘、印地安與印度童話各有九篇，愛沙尼亞童話則有八篇，羅馬尼亞童話有七篇。亞美尼亞、非洲、義大利與葡萄牙各有五篇，法國童話有四篇，愛爾蘭童話有三篇，中國童話有二篇，西班牙與澳洲童話則各一篇。其他故事類（即從故事如《仙女書屋》以及其他作者的童話集，如杜諾瓦夫人等收錄者）則有一九四篇，未註明故事出處者有五十篇。

其中，中國的的兩篇是：〈夜鶯〉（見《金色童話》，頁374）、〈李豁矮仙〉（見《綠色童話》，頁263），其中〈夜鶯〉並見《安徒生童話》。

蘭格童話是屬於世界性的童話。蘭格從一位出版商朋友手中得到一套《童話書櫥》六十卷。這套書是一六七九年貝洛爾收集、整理與編寫，貝洛爾童年並出版《鵝媽媽故事集》（十一篇），三十年後這套書才有英文版本。

蘭格是與詹姆斯、哈代、康拉德同時代的人，他在夫人的協助下，將這些童話進行翻譯，整理、編輯，於一八八九年推出第一本顏色童話《藍色童話》，歷時二十五年，計出十二本。

從以上的的簡述上，我懷疑〈夜鶯〉並非安徒生原創。〈夜鶯〉一文並不出眾，對中國亦不了解。貝洛爾的時代，相當於中國的明末清初。或許是馬可波羅帶回去的故事。

幾年前，青林曾有網路「最愛的十個安徒生童話故事票選活動」，當時的前十名為：小美人魚、買火柴的小女孩、醜小鴨、拇指姑娘、國王的新衣、豌豆公主、白雪皇后、野天鵝、堅定的錫兵、夜鶯。

這些活動，其實具有文化的意義。

## 三 安徒生的作品

二○○五年四月二日是安徒生的二百年冥誕紀念。臺灣也有各種的活動，尤其是各種平面出版，更有《安徒生日記》與《安徒生剪紙》的出版。但一般說來我們對安徒生的了解與研究仍嫌不足，以下試列舉有關安徒生生平的幾本書：

| 相關書單 | | | | | |
|---|---|---|---|---|---|
| 地區 | 書名 | 作者 | 出版社 | 出版日 | 備註 |
| 大陸 | 我生命的故事 | 安徒生著／黃聯全、陳學風合譯 | 中國檔案出版社 | 2002年5月 | |
| | 真愛讓我如此幸福 | 安徒生著／遠帆譯 | 國際文化出版公司 | 2002年8月 | |
| | 安徒生畫傳 | 高鵬文／金爽圖 | 團結出版社 | 2005年1月 | |
| 臺灣 | 安徒生傳 | Rumer Godden 著／嚴心梅譯 | 中華日報出版部 | 1986年9月 | |
| | 安徒生 | 安徒生著／古真譯／梁實秋主編 | 名人出版社 | | 《名人偉人傳記全集》之三 |
| | 那個叫安徒生的男孩 | 伊·穆拉約娃著／胡影萍改寫 | 天衛文化圖書公司 | 1994年6月 | |
| | 遇見安徒生 | 安徒生著／葉君健譯／安徒生圖 | 遠流出版事業公司 | 1999年4月 | |

## 四 結語

如何建構我們的主體性與自主性，並放眼全球，是我們刻不容緩與懷疑的事實。

# 在愛與生活中學習

## 一　前言

孩子是上天賜給我們的恩寵。

而童年只有一次。

因此，教養是世代父母的責任與義務。

一般說來，幼兒理想發展有六個基本要素：

### （一）幼兒需要有安全感

所謂「安全感」，是指在心理上感覺自己與別人有「依附關係」，感覺自己有所屬。安全感必須建立在被愛者感受到這份感情，感受到被需要，感受到自己很特別；重點是在兒童「感受到」被愛與被需要，而不是兒童被愛與被需要的事實。

### （二）幼兒需要適度的自我肯定

適度的自我肯定是所有幼兒都需要的。不論是貧或富、在學校或家裡、殘障或正常、年幼或年長，不論性別、種族、族群或國籍，每一位幼兒都需要有適度的自我肯定，但不是過度的自我膨脹。

## （三）幼兒需要體會生命的價值與意義

每個幼兒都需要感受到生命是值得活的、是令人滿意的、是有趣的、是真實的。我們需要讓幼兒從事對他們而言，具真實性、有意義、能吸引他們，並且讓他們專注的活動與互動。因此，幼教人員所提供的活動或選擇的活動應符合下二項標準：

1 能提供幼兒機會運作操弄自己的經驗，重建自己的環境。
2 能提供成人機會協助幼兒了解他們所經歷事物的意義。

## （四）幼兒需要成人協助他們理解生活經驗

成人有責任協助幼兒改進、延伸、修正、開展及加深他對周遭世界的了解或建構。等到兒童進入小學，小學的教育人員便應協助他去了解遠距離時空的人的經驗。了解的增進與修正應該是終其一生不斷進行的。

## （五）幼兒需要與有「權威」的成人一起成長學習

成人（父母或教育人員）的「權威」（authority）是建立在擁有豐富的經驗、知識與智慧上，而不是來自獨裁或溺愛。獨裁（authoritarian）是指一種權力的運用，態度既不溫和，也不給予鼓勵或說明，一味要求別人服從自己的命令。姑息或溺愛（permissive）則是放棄成人的權威與權力，只要孩子需要，給予幼兒所需的溫暖、鼓勵與支持。

## （六）幼兒需要有成人或兄姊作為學習的榜樣

我們似乎應該檢視一下，在幼兒的身邊有多少具有這些人格特質的成人或兒童，可以作為幼兒觀察、學習、模仿的榜樣？又有多少人雖然外表光鮮亮麗，非常吸引人，但是卻具備不良的人格特質。（以上詳見《與幼教大師對話》，頁21-26。）

至於將其概念融合成育兒的成長起點,則有四:

## 1 促進感知覺與肢體成熟

感覺與動作的發展是幼兒成長的基礎,從孩子的探索行為、爬行動作、獨立行走、操作能力,這一連串的動作成長歷程,不僅促進了肢體的成熟,更能刺激腦神經的活絡,有助於大腦的發展。

因此,父母應盡量安排最合宜的活動空間,幫助孩子盡情的反覆的練習和探索,讓肢體更敏銳、動作更協調。

## 2 增進語言溝通能力

剛出生的嬰兒從呱呱墜地的第一個哭聲起,就具備溝通能力和語言的基礎,在接下來的日子裡,孩子藉由模仿、嘗試和學習,從一個只會哭的小搗蛋,成為能言善道的小可愛。

0-6歲孩子的語言發展,快速豐富得讓人驚訝,只要了解每一階段的轉變,並給予必要的協助,父母一定可以體會孩子開口說話的喜悅。

## 3 養成自理、自主能力

吃飯、洗澡、刷牙、收玩具、做家事,這些簡單的生活能力卻是許多家庭引發親子大戰的主要原因。

其實，這些自理能力的養成有一定的訣竅，千萬不要只淪為責罵收場。教導孩子學會照顧自己，除了有技巧可學，最重要的是父母的教養觀念，唯有接納孩子嘗試錯誤的學習過程，並在平日就要循序漸進的養成習慣，與耐心面對。

## 4 在遊戲中學習

遊戲，是孩子生活的全部，不僅提供了歡樂，更讓孩子在遊戲中學習，不同類型的遊戲可以激發出孩子不一樣的學習效果與學習潛能。

在遊戲中，我們可以觀察到孩子的創造想像力、問題解決能力，遊戲更提供了孩子自主學習的機會。如果父母能夠常常與孩子共玩，您會發現遊戲拉近了親子距離，建立起更穩固與親密的親子關係。

所謂兒童或幼兒的發展，其中最關鍵的當以語言與遊戲為先。（以上詳見《Good Start 輕鬆掌握0-6歲的成長起點》。）

## 二　幼兒的閱讀計畫

而在整體的教養與學習上，似乎又以閱讀最為重要。大家認為閱讀是一切學習的基礎，而孩子一生的閱讀計畫，是從父母懷中開始。

一九九二年在英國擔任國中校長的 Wendy Cooling 發起 Bookstart 運動，發起成立 Book Trust 基金會，並成為童書部門負責人。顧名思義，Bookstart 一字結合書籍（Book）及開始（Start）兩項意涵，透過免費贈書給育有嬰幼兒的家

庭為手段，提倡鼓吹嬰幼兒即早接觸書籍，擁有快樂溫馨的早期閱讀經驗。係全世界第一項專門為嬰幼兒量身打造的大規模贈書活動；最初的計畫為免費贈書給三百個七至九個月的嬰兒。Bookstart 以「Share books with your baby」為口號，由健康訪問員（health visitor）在七至九個月健診時，將閱讀禮袋送至家長手中，同時並說明親子共讀的重要性及介紹附近的圖書館。後來，Bookstart 逐漸成為早期閱讀的趨勢。

教育部出版的閱讀起步走：

信誼閱讀禮袋：

至於，讀寫萌發的概念緣起於紐西蘭的克蕾（M. Clay），克蕾於一九六六年紐西蘭的奧克蘭大學（University of Auckland）所作的博士論文「萌發的閱讀行為」（Emergent Reading Behavior），第一次使用了「讀寫萌發」（Emergent Lieracy，簡稱EL）這個名稱。從一九七〇年代起，美國開始發展這方面的研究，到了一九八〇年代，研究更迅速增加。一九九〇年代起，臺灣地區亦有以讀寫萌發概念進行之有關幼兒讀物發展的研究。

幼兒讀寫萌發的主要概念有下列四項：

## （一）幼兒在生活中即開始學習讀寫

在一個讀寫的社會，幼兒從出生幾個月就常在生活中的玩具、積木、如圖畫書中接觸文字，兩、三歲的幼兒即能辨識生活環境中的符號、標誌、和一些文字，同時開始從圖畫、塗寫中試驗書寫，這些現象顯示幼兒在被正式地教予讀寫之前，讀寫即已經在生活環境中萌發。

## （二）幼兒學習是一種社會歷程

讀寫發展是一種文化適應的歷程，幼兒經由各種社會活動，並藉著他人的引導和協助，內化活動中使用的口語和書面語言，而逐漸增進語文能力。

### （三）幼兒是學習讀寫的主動者

讀寫萌發的概念強調幼兒在學習閱讀和寫字的過程中，就如同他們學習說話一樣，是一個主動的參與者和建構者。

### （四）閱讀和書寫相互關聯發展

讀寫萌發的概念勢將讀和寫視為一體，幼兒的閱讀和書寫是同時相互關聯發展，而不是先學習閱讀、再學習書寫。書寫者藉著建構文字，而再建構意義，閱讀者則是藉著建構被預期的意義，而再建構文字。（詳見《幼兒讀寫萌發課程》，頁13-18。）

又，Chall認為閱讀發展有六階段：

| 階段別 | 年齡（級） |
|---|---|
| 階段一 | 出生到6歲（前閱讀期） |
| 階段二 | 6到7歲（識字期） |
| 階段三 | 7到8歲（流暢期） |
| 階段四 | 9到14歲（閱讀新知期） |
| 階段五 | 14到18歲（多元觀點期） |
| 階段六 | 18歲以上（建構和重建期） |

今將階段一：出生到六歲（前閱期）的有關閱讀重點說明如下：

1 約略知道書寫長什麼樣，哪些是（或像是）書寫。

2 認得常見的標誌、符號、包裝名稱。

3 會認幾個常常唸的故事書中出現的字。

4 會把書拿正，邊唸邊用手指字。

5 看圖說故事或補充故事內容。

6 會一頁一頁翻書。

Chall的理論有幾點特色值得注意：

1 閱讀發展從零歲開始。打破以往閱讀準備度的說法，她並不認為閱讀是上學以後才開始的，也就是說，即便未上學接受正式的閱讀教學，孩子在無意中仍然可能學會一些書本和文字的概念，這種說法基本上呼應了讀寫萌發的主張。

2 閱讀發展是終身的。閱讀發展即使到了成人階段仍然不斷成長，此外，

也並非所有的個體都能發展至階段六。

3 發展階段對教學或評量皆具指標性的引導作用。（以上詳見《故事結構教學與分享閱讀》，頁6-8。）

## 三　圖畫書開啟的世界

圖畫書是幼兒文學中的璀璨明珠，透過奇妙鮮活的圖像，生動有味的淺語，呈現世界萬物的潛在美質，開啟孩子的心靈之眼，藉以傳遞真的發現、善的啟示、美的洗禮，提供閱讀樂趣和藝術美感，啟發想像與創造力，成為幼兒認識自我、人際互動、探索世界的最佳媒介之一。

圖畫書的設計，主要是為了體貼學齡前後的幼兒，針對其識字與生活經驗有限的狀況，文字不會太多或過於艱澀，而且大多得靠大人代為唸出，圖像是這個年齡層的幼童主要的閱讀內容，眼睛讀圖，耳朵聽故事，即可進入書中無遠弗屆的世界，優秀的圖畫書無疑是成人文明給幼兒的一份最佳禮物。

以下就閱讀對象、形式與內容等三方面說明繪本的性質如下：（詳見《幼兒文學》，頁147-150。）

### （一）閱讀對象

以幼兒為主，但不以幼兒為限。

製作圖畫書主要以幼兒的需求為考量的前提，即學齡前後階段，2-8歲的孩子為主。但不以此為限，目前也有學者下修到嬰兒0歲開始閱讀，如：李坤珊《小小愛書人》，談0-3歲嬰幼兒的閱讀世界。更因其多樣的出版形式及動人的意涵，吸引廣大讀者，其讀者群不再限於幼兒，而成為0歲以上到成人都愛看的書。

## （二）形式

大都由圖像和文字共同合作敘事或傳達資訊（information），但也有少部分「無字書」(Wordless Books)的作品，僅用圖像來完成說故事的功能。

圖像不再只是文字的陪襯，強調圖像的連貫性與敘事功能，圖文巧妙搭配，發展出獨特藝術形式。

## （三）內容

掌握兒童身心發展而書寫的「文學性」與「知識性」作品。

諾德曼定義中「傳達資訊」可視為「知識性」作品特色，「訴說故事」正是「文學性」作品的重要任務。

至於圖畫書的特質如下：

### 1 圖像的傳達性

　　圖畫書中的手繪插畫是畫家將「純粹繪畫」的美感特質，結合「美術設計」的傳達原理，配合文章內容所製作的「有條件、有目的的插畫」。

　　不管是傳遞知識性的正確資訊或文學性的感性思維，精緻有創意的圖像構成，肩負「呈現訴說」的強烈意圖，各畫面之間連續性的設計，共同表達一個完整的意念。

### 2 文字的音樂性

　　給幼兒的圖畫書，文字篇幅大多不長，是經過藝術技巧處理過的「淺語」。

　　讀起來要順口，聽起來要順耳，是需要被大聲朗讀的「聽覺型文字」，要簡短精練像詩一般，節奏優美像兒歌一樣，不必要求押韻但要順暢、自然有韻律，若能配合故事情境調整句式長短、聲音抑揚頓挫，達到「聲情相合」的境界，更為可貴。

　　文字要與圖畫互相搭配，有時一個故事都由文字說盡了，加上圖反而顯得文字的囉唆累贅，文字要像珍珠項鍊上的線，完整稱職的將一個個如珍珠般的圖面連接起來，但並不因此而減損文字的情韻優美。

### 3 圖、文的合作性

　　文字與圖畫各以不同的方式傳達訊息，文字較擅長處理時間、因果、主從、內心思考等事件發生的關係，圖像則擅長處理空間場景、物體外表、角色造形等。

　　文與圖以各自擅長，交互作用、互相影響，拓展故事主題的藝術感染力，圖、文合作表現出來的成果才是「完整的故事」；在知識性

圖畫書中，圖、文並呈才能簡單明瞭的解說知識。

依照諾德曼的看法：「一本圖畫書至少包含三種故事：文字說的故事、圖畫暗示的故事、及兩者結合後產生的故事。」（詳見《閱讀兒童文學的樂趣》，頁351。）

因此，圖畫書光讀文字或只看圖像，一定不如圖、文兩者合作建構的故事（或知識）來得精彩與完整，讀者常常在圖、文對照間歸納出故事真相而覺得滿足。

## 4 成書的設計性

圖畫書注重成書的硬體特質，如書的大小與形狀，或印刷時的紙質選用，封面、封底、乃至標題或字體選用、跨頁的圖文配置等整體設計，都需運用巧思以貫穿意念、深化敘事，使書本成為完滿俱足的藝術整體。

以互動、遊戲為設計主軸的鑿洞、拉頁、特殊觸感及立體書的紙藝架構，多樣化的創意呈現每本書的獨特設計性。

## 5 讀者的參與性

強調親子共讀，大人小孩一起參與生動的語言演奏。

包含了握住書本、翻頁、觸碰、指著插畫，以及將一本心愛的書抱近胸前的動作技能。包含察看插畫、詮釋插畫意義、尋找正文中所提的細節，以及反覆瀏覽喜愛影像的視覺技能。

引導幼兒運用視覺、聽覺、觸覺、肢體動作等身體感官投入，以

及藝術審美、語言邏輯、創意思考等全人教育、全腦學習的高度參與性。

## 四　學前的早期閱讀活動

學前早期閱讀活動，是以繪本作為主題的統整學習。其構想是運用加德納（A. Gardner）的「多元智能」與馬斯洛（A. Maslow）的「人類需求」作為設計學習的思考方式，以及全語言的作法，希望將活動設計注入一些新生命。我們知道幼兒園的教育內容是全面的、啟蒙性的，可以相對劃分為健康、語言、社會、科學與藝術等五個領域，也可以作其他不同的角度促進幼兒情感、態度、能力、知識與技能等方面的發展。

因此，在繪本主題學習形式：

1　自主閱讀與邏輯推理。
2　領域延伸。
3　創意道具與製作體驗。
4　戲劇創編。

其目的在於透過全面性、生活性、日常性與活動性，引發孩子的興趣、好奇與主動，進而激活孩子腦中的神經元，形成連接。神經元彼此連結，即是所謂的「神經元可塑性」，它是終身都存在的。

反之，大腦是全身最大的能源消
耗者，雖然只占體重的百分之二，卻用
掉百分之二十的能量，因此，大腦必須
把多餘的神經元修剪掉，以節省能源。
修剪的原則是看這個神經元有沒有跟別
人連接，是否是神經迴路的一頁。一個
落單的神經元是很容易被修剪掉的，就
像一個落單的動物容易被敵人吃掉一
樣。童年的經驗之所以重要，就是因為
可以促使神經元連結不被修剪掉。

馬斯洛（A. Maslow）

## 五 結語

然而，人類大腦在每一個發展階段都必須有自己的「基本」課程。也許其中最重要的是根植於「情感大腦」的需求。神經科學的最新訊息：智力和情感發展密不可分。簡單的事實是，和其他事物相比，兒童更渴望的還是父母的愛和關注。

不論是在什麼年齡層，如果我們希望孩子有效學習，就應該將一些孩子基本的需求，如一個安全的環境、選擇和合理的行為為界限當作最優先考慮的因素。還有，不要忘了一個擁抱，或者一段美妙的音樂都會讓孩子鎮定平靜下來。

在任何年齡階段對大腦最有益的條件：穩定的情緒、全面的營養、足夠的時間可以玩樂和運動、注意睡眠時間，以及日常生活中選擇的機會和責任。

幼兒在學習過程中，不要有一絲絲強迫。在強迫下習得的知識無法改變心靈，所以不要訴諸強硬手段；將早期學習打造成一種樂趣，才能發現孩子真正的天賦。

當然，不論學習活動多完美，兒童仍非常需要成人的介入；身為父母與老師，以身作則與了解兒童是教養的不二法門。

# 參考書目

王瓊珠編著　《故事結構教學與分享閱讀》（第二版）　臺北市　心
　　　理出版社公司　2010年9月

李坤珊　《小小愛書人——0～3歲嬰幼兒的閱讀世界》　臺北市　信
　　　誼基金出版社　2001年4月

林文寶等編　《幼兒文學》　臺北市　五南圖書出版公司　2010年2
　　　月

信誼基金會　《Good Start輕鬆學0-6歲的成長起點》　臺中市　信誼
　　　基金出版社　2007年8月

黃瑞琴　《幼兒讀寫的萌發課程》　臺北市　五南圖書出版公司
　　　1997年8月

培利・諾德曼（Perry Nodelman）著　梅維絲・萊莫（Mavis Reimer）
　　　劉鳳芯、吳宜潔譯　《閱讀兒童文學的樂趣》（第三版）
　　　臺北市　天衛文化圖書公司　2009年3月

Jane M. Healy原著　邱曉敏翻譯　《孩子日益成長的智能——從出生
　　　到青春期的大腦發展和學習》　2009年3月

Ken Goodman著　李連珠譯　《全語言的「全」，全在哪裡？》　臺
　　　北市　信誼基金出版社　1998年11月

Lilian G. Katz原著　廖鳳瑞譯　《與幼教大師對談——邁向專業成長
　　　之路》　臺北市　信誼基金出版社　2002年10月

# 談幼兒文學之教與學

## 一　對兒童文學應有的認識

對於兒童文學的幾點認識：

（一）源於教育兒童的需要。

（二）在西方成為一門學科是中產階級出現以後的事，而中國則源於現代化。

（三）基本屬性是屬於常民生活。

（四）定義：

1 就文法、修辭而言：兒童文學，主詞是文學，形容詞是兒童，也是加詞。

2 就研究而言：

a 大陸（蔣風）：兒童文學理論、兒童文學史、兒童文學批評與鑑賞、兒童文學文獻與資料。

b 臺灣（洪文瓊）：文學理論（本質、功能、類型、創作論、修辭學、美學、批評理論）、插畫學、作家作品論、比較文學、文學史、書誌文獻學、研究方法學、導賞學（作品導讀）、應用研究（教學、心理治療）。

## 二　幼兒文學的意義

兒童文學與幼兒文學的分化。

　　從發展的歷程來看，兒童文學本是依附在成人文學下慢慢獨立發展開來。同樣的，幼兒文學也是由兒童文學分化而來。分化通常表示某一個依附的「事」，已發展到一定的自足程度，可以獨立成為個體另行發展。因此，分化的現象，多少表示某一「事」內部發展的狀況。

　　如何判斷原為依附的事，是否已完成分化，可以有多種的觀察指標。其中一種，便是看其有無專屬的描述術語，用以指稱此一分化出來的新個體。有專屬術語且普遍為界內所接受使用，即表示新個體已發展到有獨立存在的空間。當然，新個體從舊的依附個體分化開來，並不代表新個體業已發展成熟。新個體要到達真正發展成熟，通常自分化為普遍事實後，都還得經歷一段時間。從此一觀點來觀察，則我國的兒童文學與幼兒文學，可說是一直到近十年，才逐漸完成分化。

　　而「圖畫書」與「幼兒文學」這兩個用語的普遍化，則是分化完成的象徵。「圖畫書」與「幼兒文學」這兩個用語都是以幼兒為訴求對象，它們在國內兒童文學界逐漸成為通行的詞彙，大約是在一九八〇年中後期以後。其中，「圖畫書」的流行普及又早於「幼兒文學」。

（一）圖畫書

　　最早有此一標示的出版物，為將軍出版社的《新一代幼兒圖畫書》（三輯，共12冊；第一輯4冊，1978年4月出版；第二輯4冊，1979年4月出版；第三輯4冊，1980年4月出版）。

　　其次，是英文漢聲出版公司一九八四年三月起，嘗試以幼兒為對象，每個月推出「漢聲精選世界最佳兒童圖畫書」兩冊。

（二）獎項

　　一九七五年四月，洪建全教育文化基金會出版洪建全兒童文學獎首屆圖畫書故事書組第一名的成書。有兩位並列第一名，分別為：劉宗銘的《妹妹在哪裡》與黃錦堂的《奇奇貓》。

　　一九八七年一月，信誼基金會宣布設置「信誼幼兒文學獎」。

（三）幼兒文學

一九九二年，市北師設立「幼兒教育學系」，「幼兒文學」列為必修課程。

## 三　幼兒文學的教與學

幼兒文學走向獨立，有社會發展指標的意義。幼兒文學是從兒童文學分化出來，專指學齡前兒童所閱讀的作品。幼兒文學不再依附兒童文學是因為社會發展的需要，背後因素乃是由幼兒教育普及和經濟繁榮所致。因為，幼兒教育未納入正規學制，一個社會通常都是在經濟發展到某一階段後，才有餘力重視幼兒教育。

其次，幼兒文學是高度仰賴影像傳播的文學，而幼兒的學習管道通常也是影像、聲音、觸摸重於文字。然而，正由於高度仰賴影像傳播，使得畫家，乃至於音樂工作者，在幼兒文學創作上與作家幾乎有並駕齊驅的地位。這種居有高度科技整的性質，更是幼兒文學的另一項特色。

此外，為了發揮較好的傳播效果，幼兒讀者常常需要成人「伴讀」，在共讀的激盪下，影響所及的常不只有幼兒而已。

總言之，幼兒圖書的特點即為遊戲化與玩具化。因此，幼兒文學的推廣，有助於文學生態的擴大；而文學生態的擴大，又有促進社會和諧的功能，光是這一點，幼兒文學就不容小覷。

以下，就目前坊間所見幼兒文字教科書為例，說明其現象：

一、不見歷史，也不見理論。

二、就文體形式而言：

| 書名＼形式 | 圖畫形式 | 韻文形式 | 散文形式 | 戲劇形式 |
|---|---|---|---|---|
| 幼兒文學（語文） | V | V | V | V |
| 幼兒文學 | | | | |
| 幼兒文學概論 | V | V | V | V |
| 幼兒文學（五南） | | | | |
| 幼兒文學（華騰） | | | | |
| 幼兒文學（啟英） | V | V | V | V(註) |
| 幼兒文學（華格那） | V | V | V | V |

註：論形式有戲劇，文類則無。

## 三、就文類而言：

| 書名＼文類 | 圖畫書 | 童蒙讀本 | 兒歌 | 童謠 | 童詩 | 故事 | 戲劇 | 手指謠 | 童話 | 寓言 | 神話 | 民間故事 | 歌謠 | 祝詞 | 謎語 | 傳說 |
|---|---|---|---|---|---|---|---|---|---|---|---|---|---|---|---|---|
| 幼兒文學（語文） | V | V | V | V | V | V(註1) | V | | | | | | | | | |
| 幼兒文學 | V | | V | | V | | V | | | | | | | | | |
| 幼兒文學概論 | V | | V | V | V | | V | V | V | V | V | V | | | | |
| 幼兒文學（五南） | V | | | | | V | | | | | | | V | V | | |
| 幼兒文學（華騰） | V | | V | | V | | | | | V | | | | | | |
| 幼兒文學（啟英） | V | | V | | V | | | | | | | | | | V | |
| 幼兒文學（華格那） | V(註2) | | V | V | V | | V | V | V | V | V | V | | | | V |

註1：有「故事之外」一類，內含童話、寓言等。

註2：圖畫書分為玩具書、概念書、資訊書、圖畫故事書等。

四、就學習活動而言：

| 書名 | 學習活動 |
|------|----------|
| 幼兒文學（語文） | 語文教學 |
| 幼兒文學 | 選書 |
| 幼兒文學概論 | 說故事、閱讀 |
| 幼兒文學（五南） | |
| 幼兒文學（華騰） | |
| 幼兒文學（啟英） | 說故事 |
| 幼兒文學（華格那） | 說故事 |

其實，從幼兒文學的語言來說，有以下特點：

（一）用字具體、淺顯

（二）句子口語化

1 簡單句、短句

2 常用主動句，少用被動句

3 口語化

（三）音響和諧，富有節奏感

幼兒文學作品是幫助幼兒由口語過渡到書面語言的橋樑，口語不等於文字語言，文字的書面語言也不同於一般的書面語言。更重要的是，幼兒的語文能力不同於兒童，更不同於大人。

# 四　結語

幼兒文學作品對幼兒來說，不只是語文或工具，而是他們的生活方式。（君子不器）或許我們應該是直指「美」；或稱之為「美育」。兒童的美感不是天生的，它的形成歷經一個十分複雜的過程。

　　兒童審美發展的基本內涵，從兒童審美感興能力開始，一般說來，主要包括三項，分別為：

　　一、審美態度

　　二、審美直覺感受力

　　三、審美趣味

至於兒童審美發展三階段則如下：

　　一、前審美時期（0-3歲）

　　二、審美萌芽時期（4-12歲）

　　三、審美感興能力形成時期（13-18歲）（以上詳見樊美筠《兒童的完美發展》，愛的世界出版社，1990年8月，頁21-73）

# 二十一世紀以來臺灣兒童文學創作現況

## 一　前言

　　本文擬觀察臺灣地區有關兒童文學創作的現況。其觀察時間，以二十一世紀以來至二〇〇四年八月為止。創作出版品則以本人所收錄年度書目為主。

　　又創作現況的觀察點，則以「報刊、雜誌」、「兒童文學創作獎」與「創作出版品」為主，試分述如下：

## 二　報刊、雜誌

　　報刊、雜誌是兒童文學作品發表的主要園地。據《中華民國九十一年出版品年鑑（2002）》，報社與雜誌家數作品統計如下：

報社家數統計圖：（頁405）

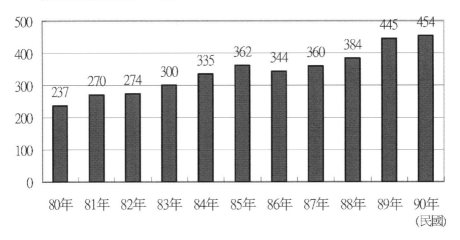

雜誌家數統計圖：（頁同上）

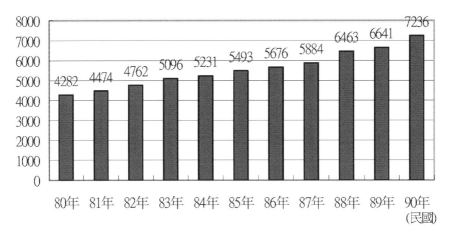

報刊、雜誌分數如下：

（一）報刊

報刊又分兒童報與有兒童版兩種：

## 1 兒童報

依《中華民國九十一年出版年鑑（2002）》（頁405-468），兒童報者有三：《國語日報》、《少年中國晨報》、《少年鷹報》。

## 2 有兒童版者

臺灣報紙普遍闢有兒童版，發行較大者除《國語日報》外，有：

1 民生報〈少年兒童〉。

2 中國時報民家週報〈童心〉。

3 聯合報家庭生活報〈兒童樂園〉。

4 自由時報〈自由兒童〉。

## （二）雜誌

依新聞局「廿二次中小學生優良讀物推介評選活動參選讀物評審單」（頁67-68），可見者有：

| 編號類號 | 課外讀物名稱 | 出版機構名稱 |
|---|---|---|
| G001 | 國語日報小作家月刊 | 財團法人國語日報社 |
| G002 | 國語日報週刊 | 財團法人國語日報社 |
| G003 | 創價少年 | 正因文化事業有限公司 |
| G004 | Joy to the World 佳音英語世界雜誌 | 佳音事業股份有限公司 |
| G005 | 讀者文摘 | 香港商讀者文摘亞洲有限公司臺灣分公司 |
| G006 | EZ BASIC基本美語誌 | 經典傳訊文化股份有限公司 |
| G007 | 少年臺灣雜誌 | 少年臺灣雜誌社 |
| G008 | 小大地雜誌 | 故鄉出版股份有限公司 |

| 編號類號 | 課外讀物名稱 | 出版機構名稱 |
|---|---|---|
| G009 | Pet's In<br>寵物樂透 | 尖端出版股份有限公司 |
| G010 | 吉的堡幼兒數位雙語雙週刊 | 吉的堡網路科技股份有限公司 |
| G011 | 行遍天下旅遊月刊(國際刊) | 宏碩文化事業股份有限公司 |
| G012 | 行遍天下旅遊月刊(臺灣刊) | 宏碩文化事業股份有限公司 |
| G013 | Happy Rainbow<br>彩虹兒童美語雜誌 | 彩虹兒童文化事業有限公司 |
| G014 | 小學生巧連智(小二版) | 日商貝樂思股份有限公司臺北分公司 |
| G015 | 小學生巧連智(小一版) | 日商貝樂思股份有限公司臺北分公司 |
| G016 | 小學生巧連智(小三版) | 日商貝樂思股份有限公司臺北分公司 |
| G017 | 大家說英語 | 財團法人臺北市基督教救世傳播協會<br>大家說英語雜誌社 |
| G018 | 幼獅少年 | 幼獅文化事業股份有限公司 |
| G019 | 科學漫畫講義 | 啟思文化事業有限公司 |
| G020 | 漢聲小百科報報 | 小百科報報股份有限公司 |
| G021 | Top 945兒童雙週刊(低年級版) | 康軒文教事業股份有限公司 |
| G022 | Top 945兒童雙週刊(中年級版) | 康軒文教事業股份有限公司 |
| G023 | 親親自然 | 親親文化事業有限公司 |
| G024 | 鐵道旅行季刊 | 人人出版股份有限公司 |

　　其間，有屬於外語者則不在創作發表之列，除外較重要者有，《滿天星兒童文學》、《臺灣兒童文學季刊》、《小小天地雜誌》、《少年臺灣》、《全國兒童週刊》、《小狀元雜誌》。

## 三　出版品

　　出版品是指結集出版者，出版品資料以個人歷年整理之年度書目為主。始於二○○○年元月至二○○四年八月底為止。其出版情況整理如下：

| 年度 類別 總計 | | 小說 | 故事 | 詩歌 | 散文 | 童話 | 繪本 | 其他 | 總計 |
|---|---|---|---|---|---|---|---|---|---|
| 2000 | 總數 | 44 | 36 | 24 | 27 | 26 | 63 | 10 | 230 |
| | 大陸作者 | 8 | 1 | 2 | 1 | 1 | 0 | 0 | 13 |
| 2001 | 總數 | 40 | 21 | 26 | 30 | 34 | 66 | 11 | 228 |
| | 大陸作者 | 11 | 3 | 0 | 6 | 6 | 4 | 2 | 32 |
| 2002 | 總數 | 48 | 53 | 8 | 23 | 22 | 33 | 19 | 206 |
| | 大陸作者 | 3 | 16 | 0 | 0 | 4 | 0 | 1 | 24 |
| 2003 | 總數 | 56 | 43 | 12 | 26 | 34 | 45 | 12 | 228 |
| | 大陸作者 | 5 | 4 | 3 | 0 | 6 | 0 | 0 | 18 |
| 2004 | 總數 | 49 | 35 | 6 | 20 | 6 | 43 | 1 | 160 |
| | 大陸作者 | 2 | 0 | 0 | 3 | 2 | 0 | 0 | 7 |
| 總計 | 總數 | 237 | 188 | 76 | 126 | 122 | 250 | 53 | 1052 |
| | 大陸作者 | 29 | 24 | 5 | 10 | 17 | 4 | 3 | 92 |

至於，出版童書的出版社，以行政院新聞局第二十二次推介《中小學生優良課外讀物》中「入選出版機構一覽表」（頁140-151）中則有七十一家。其中約有二十六家出版圖畫書。

## 四　兒童文學創作獎

有關兒童文學創作獎擬分已停辦者和仍在舉辦者兩大類分別說明之：

### （一）已停辦者

### 1 臺灣省兒童文學創作獎

於一九八八年，由臺灣省政府教育廳設立，省立臺中圖書館承辦，一九九八年十二月二十一日「凍省」後，改由文建會主辦。二〇〇〇年第十三屆是最後的一屆，其得獎作品如下：

| 作者 | 篇名 | 獎項 |
|---|---|---|
| 林玫伶 | 小耳 | 首獎 |
| 洪如玉 | 鳳凰木與燕子 | 優等 |
| 廖炳焜 | 將軍再見 | 優等 |
| 楊智豪 | 千禧蟲的愛心蛋糕 | 佳作 |
| 林立珠 | 土龍 | 佳作 |
| 李光福 | 哈囉！茱比 | 佳作 |
| 陳昇群 | 樟樹計畫 | 入選 |
| 黃玲蘭 | 風族小畢 | 入選 |
| 劉勝雄 | 改造七彩猴 | 入選 |
| 陳志寧 | 路燈 | 入選 |

| 作者 | 篇名 | 獎項 |
|------|------|------|
| 許坤政 | 撼不動的愛 | 入選 |
| 溫靜美 | 花豹、山雀和牠的媽媽 | 入選 |
| 鍾信昌 | 丁丁、明年見 | 入選 |
| 劉美瑤 | 蟑螂阿南 | 入選 |
| 楊隆吉 | 牧書條碼人 | 入選 |
| 劉丁財 | 蛋蛋村傳奇 | 入選 |
| 葉美霞 | 掌中的光芒 | 入選 |
| 王耀瑄 | 犀牛海頓之歌 | 入選 |
| 林郁屏 | 線之家的溜頭兒 | 入選 |
| 張雲晴 | 一之失去記憶的高跟鞋 | 入選 |
| 方鴻鳴 | 浩浩是一顆傻流星 | 入選 |
| 趙英喬 | 松寶 | 入選 |
| 周淑貞 | 燈籠草 | 入選 |

## 2 楊喚兒童文學獎

該獎是親親文化事業有限公司於一九八八年為紀念詩人楊喚對兒童文學的貢獻而設立。至二○○○年十二屆止。二○○○年得獎者如下：

文學獎：

林芳萍《屋簷上的秘密》

特殊貢獻獎：

潘人木

## 3 陳國政兒童文學獎

該獎係一九九三年由臺灣英文雜誌社撥款委由中華民國兒童文學

學會辦理，共計八屆，二〇〇〇年是最後一屆，其得獎名單如下：

兒童散文：首獎，岑澎維，《鋼琴老屋》

兒童散文：優選，楊雅雯，《鯨靈》

兒童散文：佳作，嚴淑女，《藍色啤酒海》

兒童散文：佳作，鄒敦伶，《「變」吃記》

圖畫故事：首獎，吳品瑢，《快！快！快！鼠先生》

圖畫故事：優選，郭桂玲，《最神氣的披風》

圖畫故事：佳作，廖健宏，《繩子馬戲團》

圖畫故事：佳作，林書屏，《那天晚上》

圖畫故事：新人獎，蕭雅勻，《我的森林》

## 4 教育部師院生兒童文學創作獎

於一九九四，教育部中教司設立，前三屆由臺東師院承辦，其後由各師院輪流承辦，至二〇〇二年第九屆止。第九屆由國北師承辦，後因經費不足，未舉行頒獎，亦無錢結集出版。今列七、八兩屆得獎者如下：

第七屆（二〇〇〇年）有童話與兒歌兩項：

| 童話類 | | |
|---|---|---|
| 作者 | 篇名 | 獎項 |
| 游文君 | 阿德歷險記 | 首獎 |
| 江佩玲 | 小老鼠的卡片 | 優等 |
| 陳欣民 | 快樂說再見 | 優等 |
| 薛清松 | 小紅帽現代版 | 優等 |
| 王月靜 | 手帕・格子大哥 | 佳作 |
| 王美心 | 魔手杖 | 佳作 |

| 吳宗翰 | 小水薑的故事 | 佳作 |
|---|---|---|
| 林淑娟 | 噴火的小恐龍 | 佳作 |
| 施倩雯 | 小烏龜換殼記 | 佳作 |
| 徐詩怡 | 睡 | 佳作 |
| 陳玟榆 | 寬寬耳朵上的秘密 | 佳作 |
| 陳星宇 | 捉賊記 | 佳作 |
| 陳宗穎 | 臺灣鱒──小健的故事 | 佳作 |
| 張福鑫 | 灰色的鳥 | 佳作 |
| 黃義鑫 | 心情塗鴉園地 | 佳作 |
| 楊郁璘 | 泡泡龍杜比 | 佳作 |
| 蔡慕容 | 小綠蜘蛛 | 佳作 |
| 蔡雅筠 | 仙人掌強強的故事 | 佳作 |
| 鄭基誠 | 道歉蟲 | 佳作 |
| 鄭書謹 | 思憶泉 | 佳作 |
| 蕭惠玲 | 消失的夢 | 佳作 |

| 兒歌類 | | |
|---|---|---|
| 作者 | 篇名 | 獎項 |
| 林淑祺 | 小熊貓　包水餃　小雨　肥皂愛洗澡　小燕子 | 首獎 |
| 林謙和 | 白鵝　媽媽的肚子　小滑鼠　寶塔尖　媽媽說 | 優等 |
| 張福鑫 | 白頭翁　彈塗魚　黑熊　小蝦子　啄木鳥 | 優等 |
| 張俊叡 | 鹽水蜂炮　放天燈　作燈籠　掩咕雞<br>三兄妹──九二一有感 | 優等 |
| 王月靜 | 迷路的小青蛙　小浮標　冬瓜想長大　比第一<br>森林的樹 | 佳作 |
| 王峻男 | 星星　嗡嗡翁　大雄看卡通　小雨滴與小金魚<br>大頭仔搬布袋戲 | 佳作 |

| 王嘉倫 | 泰格鬼　飛機　松鼠　一隻草蜢　放鞭炮 | 佳作 |
|---|---|---|
| 余靜雯 | 捉迷藏　星星和猩猩　小貓咪　小毛蟲　布娃娃 | 佳作 |
| 吳明芳 | 小妹仔，無要哭　白頭翁　小阿哥、小阿妹<br>屁卵豆　喇叭花 | 佳作 |
| 吳淑華 | 深深地擁抱　雲的聯想　小小黃毛鴨　小雨滴<br>多情 | 佳作 |
| 吳蔓玲 | 隔壁的大哥哥　小雨點兒　下雨了！　洗洗澡<br>我的「家人」 | 佳作 |
| 花婉馨 | 手指頭　好朋友　獅子頭　手心姊姊的話<br>一枝草一點露 | 佳作 |
| 周威整 | 玲玲瓏瓏　叮叮咚　流浪狗　打電玩　遙控器 | 佳作 |
| 徐秀如 | 火金姑　游夜街　長頸鹿　膨風洲仔　火車起行 | 佳作 |
| 孫旻穗 | 娃娃和星星　魚兒水中游　猜猜我有多愛你<br>大肚魚　無尾熊 | 佳作 |
| 洪翠妙 | 輕輕畫921雨天　井底之蛙　貓咪 | 佳作 |
| 許雅玲 | 希望爸媽還愛我　動物園週記　小青蛙<br>我的寵物是電腦　棉花糖和棉花堂 | 佳作 |
| 曾曉君 | 風　雨天　花園　我愛洗澡　天空是畫布 | 佳作 |
| 陳香瑜 | 小兔子　竹筍　鉛筆　洋蔥　無尾熊 | 佳作 |
| 鄭基誠 | 吃湯圓　小白雲和風哥哥　小螞蟻　捉迷藏<br>眼鏡 | 佳作 |
| 簡淑芬 | 小豬三兄弟　生肖歌　公雞與水鴨　山廟<br>請你娶我女兒吧 | 佳作 |

第八屆（2001年）有兒歌與兒童散文兩項：

| 兒歌類 | | |
|---|---|---|
| 作者 | 篇名 | 獎項 |
| 王月靜 | 媽媽睡著了　黑指甲不見了　月亮跟著我<br>打電話　斑馬魚 | 首獎 |
| 周季儒 | 小雨滴　好天氣　金魚　作早操　聽音樂的星星 | 優等 |
| 蔡志勇 | 小鳥學飛　照相　便當　大亨堡　小泡芙 | 優等 |
| 呂雅麗 | 扯鈴　跳房子　搖呼拉圈　請吃糖　給貓找家 | 優等 |
| 郭愷君 | 太陽先生　採茶樂　小猴子　小妹妹　吃豆花 | 佳作 |
| 呂玉菁 | 月亮月光光　比比看　水藍藍　來畫畫<br>新娘隋噹噹 | 佳作 |
| 賴嘉君 | 小雨點　風兒啊　青鳥　好天氣<br>小小羊兒要回家 | 佳作 |
| 黃淑云 | 小兔小豬小路　想見你　小寶寶　魚兒<br>麻雀和青蛙 | 佳作 |
| 陳美靜 | 放風吹　天星　數字唸謠　扑干樂　小肚蚓 | 佳作 |
| 張惠如 | 毛毛蟲的夢想　四季的歌　螢火蟲　好寶寶的歌<br>十二生肖歌 | 佳作 |
| 林佳欣 | 馬戲團　是誰打瞌睡　我的筆　一個甕　微微笑 | 佳作 |
| 李靖瑩 | 瞌睡蟲　剪刀　石頭　布　月姑娘　地球儀<br>蜘蛛搬家 | 佳作 |
| 吳文宏 | 跳房子　車　小弟弟　電梯　捷運(河洛語) | 佳作 |
| 許芸萍 | 小滑鼠　小毛蟲　三隻小豬　趕走腸病毒<br>計程車(閩南語) | 佳作 |
| 陳國華 | 動物園　蟬　蝴蝶　螞蟻　牽牛花 | 佳作 |
| 廖水滋 | 香蕉　竹筍　公雞　蝴蝶　紅蘿蔔 | 佳作 |

| 吳筱婷 | 動物接力　愛的滴答　玩笑　寶寶洗澡<br>猴子吃香蕉 | 佳作 |
|---|---|---|
| 周怡然 | 因為　煩惱　換新衣　小貓咪　我的笑臉 | 佳作 |
| 陳昭佑 | 春　夏　秋　冬　小鯉魚 | 佳作 |
| 林婉鈺 | 數學　仙人掌　小河　楓葉鼠　上課 | 佳作 |
| 薛傑仁 | 小亨利　小青蛙　春天來了　雲　蝴蝶 | 佳作 |

## 兒童散文類

| 作者 | 篇名 | 獎項 |
|---|---|---|
| 謝瓊儀 | 鐵道紀事 | 首獎 |
| 崔雅雯 | 那一夜的流星雨 | 優等 |
| 洪雅齡 | 我的綠毛 | 優等 |
| 莊幸芬 | 印度紫檀 | 優等 |
| 郭韻涵 | 大自然的樂章 | 佳作 |
| 陳佩嘉 | 天使的眼睛 | 佳作 |
| 陳曉萍 | 循環夢 | 佳作 |
| 劉　甫 | 外婆家的桃樹 | 佳作 |
| 陳玟靜 | 癌症兒童 | 佳作 |
| 林宜瑾 | 棋緣 | 佳作 |
| 劉姮君 | 春夏的彩繪 | 佳作 |
| 邱郁芬 | 你好嗎 | 佳作 |
| 陳厚伶 | 我想上學 | 佳作 |
| 林幸蓉 | 小茉莉 | 佳作 |
| 莊瑞朗 | 小小的山 | 佳作 |
| 胡介齡 | 走田埂 | 佳作 |
| 黃世恆 | 老狗阿呆 | 佳作 |
| 陳立筠 | 我們，以紙鳥為證 | 佳作 |

| 施淑姿 | 風 | 佳作 |
|---|---|---|
| 林慧娟 | 竹之鄉 | 佳作 |
| 李靖瑩 | 泡湯的童年 | 佳作 |

## （二）仍在舉辦者

### 1 信誼幼兒童文學創作獎

於一九八七年由財團法人信誼學前教育基金會提供設立，分圖畫創作獎及文字創作獎兩項。

**信誼幼兒文學獎歷屆得獎作品與出版狀況**

| 屆數 | 頒獎日期 | 獎項名稱 | 得獎作品名稱 | 作者 | 畫者 | 出版狀況 |
|---|---|---|---|---|---|---|
| 第十二屆 | 2000.5.6 | 圖畫書創作評審委員推薦獎 | 想念 | 陳致元 | 陳致元 | 文學獎系列 |
| | | 圖畫書創作佳作獎 | 我自己玩 | 顏薏芬 | 顏薏芬 | 文學獎系列 |
| | | 文字創作佳作獎 | 爸爸沙發 | 侯維玲 | | |
| | | 文字創作佳作獎 | 影子朋友 | 陳麗光 | | 未出版 |
| 第十三屆 | 2001.4.28 | 圖畫書創作首獎 | 小魚散步 | 陳致元 | 陳致元 | 文學獎系列 |
| | | 圖畫書創作佳作獎 | 短頭髮 | 顏薏芬 | 顏薏芬 | 未出版 |
| | | 文字創作佳作獎 | 美妙的聲音 | 林淑珍 | | 未出版 |
| | | 文字創作佳作獎 | 海豬 | 孫藝泉 | | 未出版 |
| 第十四屆 | 2002.4.28 | 圖畫書創作首獎 | 阿非，這個愛畫畫的小孩 | 林小杯 | 林小杯 | 文學獎系列 |
| | | 圖畫書創作佳作獎 | 好想吃榴槤 | 劉旭恭 | 劉旭恭 | 文學獎系列 |
| | | 圖畫書創作佳作獎 | 陶樂蒂的開學日 | 曹瑞芝 | 曹瑞芝 | 未出版 |

| 屆數 | 頒獎日期 | 獎項名稱 | 得獎作品名稱 | 作者 | 畫者 | 出版狀況 |
|---|---|---|---|---|---|---|
| | | 文字創作佳作獎 | 全都睡了一百年 | 林小杯 | 林小杯 | 文學獎系列 |
| 第十五屆 | 2003.4.26 | 0到3歲圖畫創作類佳作獎 | 活動暖身操 | 林柏廷 | 林柏廷 | 未出版 |
| | | 0到3歲圖畫創作類佳作獎 | 沒關係 | 蔡秀敏 | 蔡秀敏 | 未出版 |
| | | 3到8歲圖畫創作類佳作獎 | 媽媽變魔術 | 童嘉瑩 | 童嘉瑩 | 未出版 |
| | | 3到8歲圖畫創作類佳作獎 | 盪鞦韆 | 盧真穎 | 盧真穎 | 未出版 |
| | | 3到8歲圖畫創作類佳作獎 | Guji Guji | 陳致元 | 陳致元 | 文學獎系列 |
| | | 3到8歲圖畫創作類佳作獎 | 美好的一天 | 沈穎芳 | 沈穎芳 | 文學獎系列 |
| | | 插畫推薦獎 | 愛吃青菜的鱷魚 | 劉鎮國 | 劉鎮國 | 文學獎系列 |
| 第十六屆 | 2004.4.2 | 0到3歲圖畫創作類佳作獎 | 咦？喔！ | 童嘉瑩 | 童嘉瑩 | 未出版 |
| | | 0到3歲圖畫創作類佳作獎 | 幫媽媽找笑容 | 王淑慧 | 王淑慧 | 未出版 |
| | | 3到8歲圖畫創作類首獎 | 星期三下午捉蝌蚪 | 安石榴 | 安石榴 | 文學獎系列 |
| | | 3到8歲圖畫創作類佳作獎 | 變變變 | 王秋香 | 王秋香 | 11月將出版為月刊書 |
| | | 3到8歲圖畫創作類佳作獎 | 我是評審 | 蕭湄羲 | 蕭湄羲 | 文學獎系列 |
| | | 3到8歲圖畫創作類佳作獎 | 有趣的電梯 | 朱芬儀 | 朱芬儀 | 未出版 |

| 屆數 | 頒獎日期 | 獎項名稱 | 得獎作品名稱 | 作者 | 畫者 | 出版狀況 |
|---|---|---|---|---|---|---|
| | | 3到8歲圖畫創作類佳作獎 | 怕怕 | 林柏廷 | 林柏廷 | 未出版 |

## 2 現代兒童文學創作獎

　　為鼓勵國人創作兒童文學，以提升兒童的鑑賞能力，啟發創意，在大量翻譯作品之外，能有更多屬於中國兒童讀物，九歌文教基金會創立「九歌現代兒童文學獎」。以高額獎金，在行政院文化建設委員會贊助下，舉辦「九歌兒童現代文學獎」，徵選適合十歲至十五歲兒童閱讀之小說。

### 歷年得獎者資料

| 年度 | 屆別 | 得獎者 | 獎項 | 得獎作品 |
|---|---|---|---|---|
| 81(1992) | 第一屆 | 李潼 | 第一名 | 少年龍船隊 |
| | | 戎林 | 第二名 | 九龍闖三江 |
| | | 劉臺痕 | 佳作 | 五十一世紀 |
| | | 張如鈞 | 佳作 | 大腳李柔 |
| | | 楊美玲、趙映雪合著 | 佳作 | 茵茵的十歲願望 |
| | | 柯錦鋒 | 佳作 | 我們的土地 |
| 82(1993) | 第二屆 | 陳曙光 | 第一名 | 重返家園 |
| | | 陳素燕 | 第二名 | 少年曹丕 |
| | | 胡英音 | 佳作 | 安妮的天空、安妮的夢 |
| | | 馮傑 | 佳作 | 飛翔的恐龍蛋 |

| 年度 | 屆別 | 得獎者 | 獎項 | 得獎作品 |
|---|---|---|---|---|
| | | 秦文君 | 佳　作 | 家有小丑 |
| | | 屠　佳 | 佳　作 | 飛奔吧！黃耳朵 |
| 83(1994) | 第三屆 | 張淑美 | 第一名 | 老蕃王與小頭目 |
| | | 陳素宜 | 第二名 | 天才不老媽 |
| | | 趙映雪 | 第三名 | 奔向閃亮的日子 |
| | | 黃虹堅 | 佳　作 | 十三歲的深秋 |
| | | 劉臺痕 | 佳　作 | 護令行動 |
| | | 張永琛 | 佳　作 | 隱形恐龍鳥 |
| 84(1995) | 第四屆 | 從　缺 | 第一名 | |
| | | 莫劍蘭 | 第二名 | 兩本日記 |
| | | 盧振中 | 第二名 | 阿高斯失蹤之謎 |
| | | 馮傑 | 第三名 | 冬天裡的童話 |
| | | 黃淑美 | 佳　作 | 永遠小孩 |
| | | 陳素宜 | 佳　作 | 秀巒山上的金交椅 |
| | | 李麗中 | 佳　作 | 小子阿辛 |
| 85(1996) | 第五屆 | 從　缺 | 第一名 | |
| | | 屠　佳 | 第二名 | 藍藍的天上白雲飄 |
| | | 陳素宜 | 第三名 | 第三種選擇 |
| | | 趙映雪 | 佳　作 | LOVE |
| | | 林小晴 | 佳　作 | 紅帽子西西 |
| | | 陳惠玲 | 佳　作 | 少年行星 |
| 86(1997) | 第六屆 | 范富玲 | 第一名 | 我愛綠蠵龜 |
| | | 盧振中 | 第二名 | 荒原上的小涼棚 |
| | | 陳愫儀 | 第三名 | 孿生國度 |
| | | 劉俐綺 | 佳　作 | 蘋果日記 |

| 年度 | 屆別 | 得獎者 | 獎項 | 得獎作品 |
|---|---|---|---|---|
| | | 劉臺痕 | 佳　作 | 鳳凰山傳奇 |
| | | 鄭宗弦 | 佳　作 | 姑姑家的夏令營 |
| 87(1998) | 第七屆 | 陳瑞璧 | 第一名 | 阿公放蛇 |
| | | 匡立杰 | 第二名 | 藍溪紀事 |
| | | 鄭宗弦 | 第三名 | 第一百面金牌 |
| | | 劉碧玲 | 佳　作 | 姊妹 |
| | | 林峻楓 | 佳　作 | 青春跌入了迷宮 |
| 88(1999) | 第八屆 | 侯維玲 | 第一名 | 二〇九九 |
| | | 鄭宗弦 | 第二名 | 又見寒煙壺 |
| | | 林音因 | 第三名 | 期待 |
| | | 王　晶 | 佳　作 | 世界毀滅之後 |
| | | 王文華 | 佳　作 | 南昌大街 |
| | | 蒙永麗 | 佳　作 | 成長的日子 |
| | | 鄒敦伶 | 佳　作 | 蘭花緣 |
| 89(2000) | 第九屆 | 鄭宗弦 | 第一名 | 媽祖回娘家 |
| | | 馮　傑 | 第二名 | 少年放蜂記 |
| | | 王　晶 | 第三名 | 超級小偵探 |
| | | 陳貴美 | 佳　作 | 送奶奶回家 |
| | | 林音因 | 佳　作 | 藍天使 |
| | | 王文華 | 佳　作 | 再見，大橋再見 |
| | | 臧保琦 | 佳　作 | 河水，流啊流 |
| | | 陳肇宜 | 佳　作 | 我們的山 |
| 90(2001) | 第十屆 | 林佩蓉 | 第一名 | 風與天使的故鄉 |
| | | 呂紹澄 | 第二名 | 創意神豬 |
| | | 李志偉 | 第三名 | 七彩肥皂泡 |

| 年度 | 屆別 | 得獎者 | 獎項 | 得獎作品 |
|---|---|---|---|---|
|  |  | 陳沛慈 | 佳　作 | 寒冬中的報歲蘭 |
|  |  | 鄭如晴 | 佳　作 | 少年鼓王 |
|  |  | 羅世孝 | 佳　作 | 下課鐘響 |
|  |  | 盧振中 | 佳　作 | 尋找蟋蟀王 |
|  |  | 黃秋芳 | 佳　作 | 魔法雙眼皮 |
| 91(2002) | 第十一屆 | 林佑儒 | 第一名 | 圖書館精靈 |
|  |  | 饒雪漫 | 第二名 | 花糖紙 |
|  |  | 馬筱鳳 | 第三名 | 泰雅少年巴隆 |
|  |  | 王樂群 | 佳　作 | 基因猴王 |
|  |  | 王文華 | 佳　作 | 年少青春紀事 |
|  |  | 劉碧玲 | 佳　作 | 貓女 |
|  |  | 陸麗雅 | 佳　作 | 我家是鬼屋 |
|  |  | 梁雅雯 | 佳　作 | 一樣的媽媽不一樣 |
| 92(2003) | 第十二屆 | 呂紹澄 | 第一名 | 有了一隻鴨子 |
|  |  | 劉美瑤 | 第二名 | 撥開橘子以後 |
|  |  | 蔡麗雲 | 第三名 | 阿樂拜師 |
|  |  | 彭素華 | 佳　作 | 紅眼巨人 |
|  |  | 毛威麟 | 佳　作 | 藍天鴿笭 |
|  |  | 姜天陸 | 佳　作 | 在地雷上漫舞 |
|  |  | 王俍凱 | 佳　作 | 米呼米桑・歡迎你 |
|  |  | 林杏亭 | 佳　作 | 流星雨 |

## 3 文建會兒歌一百

　　文建會有鑑於臺灣本身的兒歌，對於兒童的成長極為重要。為鼓勵國內的兒童創作，特於二〇〇〇年首度策畫主辦「兒童100徵選」活動，委由東師兒文所承辦。以下所錄優秀者，僅以國語社會組為主：

## 二〇〇〇年

| 作者 | 篇名 | 獎項 |
| --- | --- | --- |
| 陳　戀 | 我是小小畫家 | 優選 |
| 涂武勝 | 番鴨 | 優選 |
| 廖炳焜 | 癩蛤蟆和小青蛙 | 優選 |
| 王麗雅 | 趣味數字歌謠 | 優選 |
| 林文志 | 畫圖 | 優選 |
| 林德姮 | 搖椅 | 優選 |
| 吳慧茹 | 蝴蝶 | 優選 |
| 何文君 | 藏起來 | 優選 |
| 陳玉珠 | 落雨 | 優選 |
| 林靜俐 | 愛的風鈴 | 優選 |
| 陳玉珠 | 天公伯仔 | 優選 |
| 洪志明 | 風來了 | 優選 |
| 林淑珍 | 白鷺鷥 | 優選 |
| 丁長君 | 游泳 | 佳作 |
| 謝明芳 | 太陽 | 佳作 |
| 洪順齊 | 蝌蚪作曲家 | 佳作 |
| 洪順齊 | 胡鰍滑溜溜 | 佳作 |
| 洪順齊 | 布袋戲 | 佳作 |

| 作者 | 篇名 | 獎項 |
|------|------|------|
| 李宜學 | 成長的喜悅 | 佳作 |
| 李宜學 | 歡迎春姑娘 | 佳作 |
| 李宜學 | 騎竹馬 | 佳作 |
| 張清榮 | 小黃狗 | 佳作 |
| 張清榮 | 七色小花 | 佳作 |
| 洪志明 | 小蜻蜓 | 佳作 |
| 林峻楓 | 拍通關 | 佳作 |
| 曾吉郎 | 掩咯雞 | 佳作 |
| 洪志明 | 梅花開 | 佳作 |
| 陳春玉 | 大茶壺 | 佳作 |
| 劉正盛 | 春天姊姊 | 佳作 |
| 吳長青 | 動動歌 | 佳作 |
| 歐嬌慧 | 放煙火 | 佳作 |
| 陳寅園 | 流浪狗 | 佳作 |
| 王麗雅 | 動物手指謠 | 佳作 |
| 陳秀絨 | 榕樹 | 佳作 |
| 宋月女 | 樹籽仔歌 | 佳作 |
| 李淑淑 | 數字歌 | 佳作 |
| 褚德三 | 快樂的小青蛙 | 佳作 |
| 楊寶三 | 小溪輕輕流 | 佳作 |
| 陳美玲 | 妹妹洗頭 | 佳作 |
| 曾皆榮 | 多動腦 | 佳作 |
| 廖炳焜 | 風颱 | 佳作 |
| 林芳萍 | 夏夜 | 佳作 |
| 蔡欣蓓 | 稻草人 | 佳作 |

| 作者 | 篇名 | 獎項 |
|---|---|---|
| 陳啟淦 | 猴子 | 佳作 |
| 謝金治 | 沒關係 | 佳作 |
| 林智明 | 打水漂 | 佳作 |
| 黃美華 | 瀑布 | 佳作 |
| 林靜俐 | 我的好寶貝 | 佳作 |
| 林淑珍 | 一隻桿兒真威風 | 佳作 |
| 夏婉雲 | 小鴨鴨 | 佳作 |
| 鍾金艷 | 風兒 | 佳作 |
| 吳國源 | 相招來喝茶 | 佳作 |
| 何文君 | 茶壺嘟嘟 | 佳作 |
| 嚴忠政 | 大自然奏鳴曲 | 佳作 |
| 陳沛慈 | 垃圾車 | 佳作 |
| 顏肇基 | 酒瓶椰子樹 | 佳作 |
| 謝明芳 | 蒲公英 | 佳作 |
| 陳雅芬 | 賣菜 | 佳作 |

## 二○○一年

| 作者 | 篇名 | 獎項 |
|---|---|---|
| 黃秋菊 | 休息 | 優選 |
| 王麗雅 | 手影遊戲 | 優選 |
| 林文志 | 下雨天真好玩 | 優選 |
| 陳春玉 | 搖被單 | 優選 |
| 陳佩萱 | 春捲 | 優選 |
| 林慧珍 | 自己走 | 優選 |
| 李光福 | 小雨滴 | 優選 |

| 作者 | 篇名 | 獎項 |
|---|---|---|
| 黃秋菊 | 小蜻蜓 | 優選 |
| 何家芯 | 蘋果蘋果葡萄柚 | 優選 |
| 謝安通 | 螞蟻搬山 | 優選 |
| 呂紹澄 | 我是流浪狗 | 佳作 |
| 楊妮曼 | 小貓咪 | 佳作 |
| 李育青 | 小娃娃 | 佳作 |
| 林峻堅 | 油菜花 | 佳作 |
| 陳春玉（臺北縣） | 兄弟歌 | 佳作 |
| 陳冠宇 | 公雞 | 佳作 |
| 陳春玉（臺東縣） | 胖胖鵝 | 佳作 |
| 顏肇基 | 我的家 | 佳作 |
| 陳正治（高雄縣） | 小豬 | 佳作 |
| 何如雲 | 遊戲 | 佳作 |
| 周宏昌 | 小溪 | 佳作 |
| 楊茹美 | 小企鵝 | 佳作 |
| 陳秀芬 | 衣架 | 佳作 |
| 王淑珍 | 呱呱呱 | 佳作 |
| 邱雅玲 | 小綿羊 | 佳作 |
| 陳秀枝 | 湖邊比美 | 佳作 |
| 姜聰味 | 絲瓜 | 佳作 |
| 郭惠冠 | 雞 | 佳作 |
| 陳美尹 | 枯葉蝶 | 佳作 |

| 作者 | 篇名 | 獎項 |
|------|------|------|
| 董毓芯 | 小白鵝作客 | 佳作 |

## 二〇〇二年

| 作者 | 篇名 | 獎項 |
|------|------|------|
| 蔡素月 | 點 | 優選 |
| 陳昇群 | 小金魚 | 優選 |
| 王順弘 | 寄居蟹 | 優選 |
| 廖炳焜 | 只有蝸牛不說話 | 優選 |
| 廖炳焜 | 貓頭鷹 | 優選 |
| 楊茹美 | 貓頭鷹 | 佳作 |
| 邱文岳 | 這麼香 | 佳作 |
| 王翌蘋 | 我的小弟弟 | 佳作 |
| 陳昇群 | 蜻蜓 | 佳作 |
| 林峻堅 | 包春捲 | 佳作 |
| 梁雅雯 | 蛋炒飯 | 佳作 |
| 李宜真 | 無尾熊 | 佳作 |
| 李宜真 | 椰子樹 | 佳作 |
| 陳雅音 | 羊 | 佳作 |
| 施伊如 | 木棉樹 | 佳作 |

## 二〇〇三年

| 作者 | 篇名 | 獎項 |
|------|------|------|
| 廖炳焜 | 奶奶的家在鄉下 | 優選 |
| 陳昇群 | 螃蟹趕路 | 優選 |
| 林哲璋 | 月亮愛漂亮 | 優選 |

| 作者 | 篇名 | 獎項 |
|---|---|---|
| 李潤萐 | 妹妹想要一個小寶寶 | 優選 |
| 陳秀弟 | 安全帶 | 優選 |
| 陳靜婷 | 颱風牌洗衣機 | 佳作 |
| 林昕笛 | 魔術火花 | 佳作 |
| 洪順齊 | 小蚱蜢 | 佳作 |
| 陳良真 | 叮噹叮咚 | 佳作 |
| 廖炳焜 | 燕子回來的時候 | 佳作 |
| 魏水明 | 蛋炒飯 | 佳作 |
| 王雅婷 | 數羊 | 佳作 |
| 麥莉 | 兩人三腳 | 佳作 |
| 姜聰味 | 摘柚子 | 佳作 |
| 林賜煙 | 一雙腳 | 佳作 |

## 4 國語日報兒童文學牧笛獎

於一九九五年，由國語日報社設立，隔年舉辦，獎項分童話、圖畫故事兩類。

### 第三屆得獎作品（1999年）

| 童話組 | | |
|---|---|---|
| 作者 | 篇名 | 獎項 |
| 侯維玲 | 鳥人七號 | 首　獎 |
| 張嘉驊 | 我愛藍樹林 | 優等獎 |
| 周世宗 | 莫克與恰克 | 佳　作 |
| 洪志明 | 寵物店的神秘事件 | 佳　作 |
| 蒙永麗 | 魔幻之鏡 | 佳　作 |

| 圖畫故事組 | | |
|---|---|---|
| 作者 | 篇名 | 獎項 |
| 黃郁欽 | 烏魯木齊先生的假期 | 首　獎 |
| 圖／林玉玲<br>文／李國銘 | 愛睡覺的小妹頭 | 優等獎 |
| 圖／崔永燕<br>文／趙美惠 | 超級哥哥 | 優等獎 |
| 圖／胡孟宏<br>文／廖婉秀 | 冰山 | 佳　作 |
| 林芬名 | 小小其實並不小 | 佳　作 |
| 藍姿萍 | 怕黑的貓頭鷹 | 佳　作 |

## 第四屆得獎作品（2001年）

| 童話組 | | |
|---|---|---|
| 作者 | 篇名 | 獎項 |
| 從　缺 | | 第一名 |
| 王文華 | 我不是小鬼 | 第二名 |
| 林哲璋 | 喜歡高空彈跳的微笑蜘蛛 | 第三名 |
| 賴曉珍 | 幸運的小市 | 第三名 |
| 周　銳 | B我消滅A我 | 佳　作 |
| 王素涼 | 龜兔新傳 | 佳　作 |
| 許榮哲 | 讓人幸福的蟾蜍 | 佳　作 |
| 林瓊芬 | 屋頂上的紅巫婆 | 佳　作 |
| 陳沛慈 | 觔斗雲找工作 | 佳　作 |
| 圖畫故事組 | | |
| 蔡兆倫 | 我睡不著 | 第一名 |

| 莊河源 | 動物嘉年華 | 第二名 |
| 余麗婷 | 家有怪物 | 第三名 |
| 童嘉瑩 | 像花一樣甜 | 佳　作 |
| 馮怡琲 | 仔仔的撲滿豬 | 佳　作 |
| 謝佳玲 | 月亮別追我 | 佳　作 |

## 第五屆得獎作品（二〇〇二年）

| 作者 | 篇名 | 獎項 |
| --- | --- | --- |
| 童話組 | | |
| 王文華 | 新差土地公 | 第一名 |
| 李儒林 | 史瓦洛的飛行日誌 | 第二名 |
| 王　蔚 | 老太陽看不到的小角落 | 第三名 |
| 岑澎維 | 童年博物館 | 佳　作 |
| 王夏珍 | 神射手小羽 | 佳　作 |
| 黃少芬 | 失誤的病毒 | 佳　作 |
| 圖畫故事組 | | |
| 從缺 | | 第一名 |
| 陳慧縝 | 我們家的長板凳 | 第二名 |
| 曹筱苹 | 我高興 | 第三名 |
| 沈建廷 | 可可不見了 | 佳　作 |
| 金震儀 | 老鼠史提 | 佳　作 |
| 鄧繡虹 | 好同學小米 | 佳　作 |
| 劉玉玲 | 玻璃小兔 | 佳　作 |

## 5 南瀛文學獎（兒童文學）

為鼓勵文學創作，倡導地方文學風氣，臺南縣文化局及財團法人臺南縣文化基金會於一九九三年設立「南瀛文學獎」。獎項分為文學獎、新人獎、創作獎。文學獎係肯定本縣資深作家的創作成就及對本土文學所做的貢獻；新人獎是鼓勵、培育本縣文壇新秀創作研究；創作獎則是鼓勵單篇作品的創作，分為現代詩、散文、小說、兒童文學等四項，每項各選出第一名一名，第二名一名，佳作兩名。其中，兒童文學是二○○一年新增者。

### 第九屆得獎作品（二○○一年）

| 作者 | 篇名 | 獎項 |
|------|------|------|
| 張溪南 | 失落的溪畔 | 第一名 |
| 侯浩生 | 嗚啦族與滴答王國 | 第二名 |
| 謝瓊儀 | 來自天國的一封信 | 佳　作 |
| 費啟宇 | 我愛邏發尼耀 | 佳　作 |
| 楊隆吉 | 消波塊與荷包蛋 | 佳　作 |

### 第十屆得獎作品（二○○二年）

| 作者 | 篇名 | 獎項 |
|------|------|------|
| 陳榕笙 | 小延的金銀島 | 第一名 |
| 林哲璋 | 善化阿嬤 | 第二名 |
| 歐嬌慧 | 小海龜回家 | 佳　作 |
| 范富玲 | 死了一隻白鳥之後 | 佳　作 |
| 楊寶山 | 最糗的一天 | 佳　作 |

## 第十一屆得獎作品（二〇〇三年）

| 作者 | 篇名 | 獎項 |
|------|------|------|
| 廖炳焜 | 請聽偶說 | 第一名 |
| 吳國源 | 八臉姑 | 第二名 |
| 岑澎維 | 阿婆愛我 | 佳　作 |
| 李儀婷 | 黑皮蝸牛的疑惑 | 佳　作 |
| 張麗娥 | 瓦拉吉野的第八道刺青 | 佳　作 |

## 第十二屆得獎作品（二〇〇四年）

| 作者 | 篇名 | 獎項 |
|------|------|------|
| 林佑儒 | 小樹的日記 | 第一名 |
| 廖炳焜 | 雪花飛舞的季節 | 第二名 |
| 毛香懿 | 只給好朋友聽的歌 | 佳　作 |
| 吳永清 | 竹林裡的風聲 | 佳　作 |
| 林哲璋 | 書本鎮裡有個文字村 | 佳　作 |

## 6 吳濁流文藝獎

　　新竹縣文化局「吳濁流文藝獎」兒童文學類從二〇〇一、二〇〇二到二〇〇三年，連續舉辦三屆。又二〇〇三年起，決議而後兩年舉辦一次，今年沒有此項，下次比賽是二〇〇五年。得獎名單：

### 二〇〇一年

| 作者 | 篇名 | 獎項 |
|------|------|------|
| 蘇麗瑜 | 變貓記 | 首獎 |
| 王素琴 | 胖胖鼠 | 貳獎 |

| 作者 | 篇名 | 獎項 |
|---|---|---|
| 范富玲 | 土地婆婆不在家 | 參獎 |
| 楊隆吉 | 老王的快遞公司 | 佳作 |
| 林蕙苓 | 一起唱歌 | 佳作 |
| 劉勝雄 | 尋找雲母精靈 | 佳作 |

## 二○○二年

| 作者 | 篇名 | 獎項 |
|---|---|---|
| 曾幼涵 | 井底之蛙 | 首獎 |
| 林佑儒 | 土地公阿福的心事 | 貳獎 |
| 寧李羽娟 | 幽浮事件 | 參獎 |
| 黃秋菊 | 影子貓歷險記 | 佳作 |
| 陳秀珍 | 變身 | 佳作 |
| 林宜蓁 | 升起來的城市 | 佳作 |

## 二○○三年

| 作者 | 篇名 | 獎項 |
|---|---|---|
| 林佑儒 | 蒐集聲音的男孩 | 首獎 |
| 張家禎 | 幽靈列車 | 貳獎 |
| 譚 琳 | 一起去找夢 | 參獎 |
| 王文美 | 白癡 | 佳作 |
| 林佩怡 | 打瓜精 | 佳作 |
| 郭宗華 | 故事遺失了 | 佳作 |

## 7 臺東大學兒童文學獎

臺東師院於二〇〇三年八月改制為臺東大學。於是設立臺東大學兒童文學獎，由兒童文學研究所承辦，第一屆以童話為主，得獎名單：

| 作者 | 篇名 | 獎項 |
|---|---|---|
| 廖雅蘋 | 蜘蛛詩人 | 首　獎 |
| 陳景聰 | 阿溜不想換新衣 | 第二名 |
| 黃寶璊 | 沖天泡的笑聲 | 第三名 |
| 賴虹伶 | 小海豚的心事 | 佳　作 |
| 林佑儒 | 飛翔吧，大樹！ | 佳　作 |
| 陳沛慈 | 土地公公流浪去 | 佳　作 |
| 范富玲 | 最後一根火柴 | 佳　作 |
| 施養慧 | 小金豬 | 佳　作 |
| 謝鴻文 | 驚奇的作文 | 佳　作 |
| 林慧美 | 對話者 | 佳　作 |
| 黃秋芳 | 魁星樓的多多 | 佳　作 |

## 8 文建會臺灣文學獎（童話類）

二〇〇二年臺灣文學獎，有「短篇小說」、「新詩」、「童話」三類獎項。童話類得獎作品如下：

| 作者 | 篇名 | 獎項 |
|---|---|---|
| 趙文華 | 梅花鹿巴躍 | 首　獎 |
| 廖炳焜 | 再見　李夢多 | 評審獎 |
| 陳昇群 | 戲偶輕輕弄 | 評審獎 |
| 柯惠玲 | 破木馬和小三輪車 | 優　選 |

| 作者 | 篇名 | 獎項 |
|---|---|---|
| 林月芬 | 花城 | 優　選 |
| 莊華堂 | 有尾巴的煩惱 | 優　選 |
| 鄭如晴 | 紅麵龜 | 佳　作 |
| 江洽榮 | 微笑樹 | 佳　作 |
| 許榮哲 | 安心保險公司 | 佳　作 |

　　二○○四年臺灣文學獎，有「短篇小說」、「新詩」、「童話」三類獎項。童話類得獎作品如下：

| 作者 | 篇名 | 獎項 |
|---|---|---|
| 麥　莉 | 雞婆的土地公 | 首　獎 |
| 岑澎維 | 小王十字路 | 評審獎 |
| 李儀婷 | 天地的招牌 | 評審獎 |
| 呂紹澄 | 記憶的精靈 | 佳　作 |
| 羅智勇 | 一個叫好聽的故事 | 佳　作 |

# 洪汛濤與童話的聯想

## 一　前言

　　兩岸兒童文學的交流忽忽已近三十年。一九八七年七月十五日臺灣政策性宣布解嚴，十月十五日開放探親，冰封四十年之久的兩岸關係開始解凍，學術文化交流甚囂塵上，兒童文學屬於學術文化之一環，自然而然地展開了兩岸的交流活動。

　　邱各容在〈當代臺灣兒童文學境外交流發展研究・下篇〉裡說：

> 海峽兩岸兒童文學交流包含作家交流、作品交流、學術交流等
> 三個面向，這三個面向也正是兩岸兒童文學交流的三個階段。
> 林煥彰、桂文亞、林文寶三位則是這三個階段的代表人物，林
> 煥彰代表的是交流初期以作家個人作品交流為主的初始階段，
> 桂文亞代表的是交流中期以作品出版為主的成長階段，林文寶
> 代表的是交流後期以學術交流為主的成熟階段。（見《全國新
> 書資訊月刊》第166期，2012年10月，頁19。）

　　邱各容於一九八八年十月初，首度前往上海參加中國社科院和上海社科院合辦的「中華文學史料學學術研討會」，期間，結識豐子愷之女豐一吟、胡從經、洪汛濤、北師大朱金順等人。邱氏返臺不久，即收到洪汛濤託人帶來墨寶——「首航」，是祝福，也是期待。

　　而真正首航，不得不推崇林煥彰為首的「大陸兒童文學研究會」

成員一行七人，時間是一九八九年八月十一日至二十三日，於合肥、上海與北京進行交流，這是所謂的「破冰之旅」，正式開啟兩岸兒童文學交流歷史的一頁。

一九九〇年五月八日至十三日，桂文亞等人參加在湖南長沙市召開的「世界華文兒童文學大會」，當時與會的有五十六位華人兒童文學工作者。

一九九六年八月十六日，臺東師院奉准新設兒童文學研究所，個人在籌設期間（一九九七年一月十九日至二十九日）即帶相關教師前往重慶西南師範大學、金華浙江師範大學進行兒童文學交流活動，而後每年帶領研究生參訪大陸各地兒童文學研究所、出版社與作家，同時將臺灣閱讀、語文教學與繪本引進大陸，進而啟動兩岸學術交流與合作。個人亦於一九九八年七月出版《海峽兩岸兒童文學交流之研究》，這是第一本有關兩岸兒童文學交流國科會的專題研究計畫。

兩岸兒童文學交流，目前似乎仍有某些困境，但就整體而言，似乎是化整為零，且是遍地開花。今借「第三屆全國小學童話教學觀摩研討會」，略敘兩岸交流以及洪汛濤相關事宜。

## 二　洪汛濤與童話

兩岸兒童文學破冰，據梅子涵教授說洪汛濤的協助特大。其實早在臺灣解嚴之初，他就想編一本臺灣兒童文學，後來幾經波折，書總算在一九九〇年七月由安徽少年兒童出版社發行，書名《臺灣兒童文學》。

我是一九七三年正式涉入兒童文學，兒童文學是我的專業，而我關注的又以華文世界的兒童文學為主軸，雖然兩岸兒童文學交流的最早階段沒有參與，但我對大陸地區兒童文學仍有某種程度的了解。所

以，如果有人問我，是否與洪汛濤見過面，在印象中似乎沒碰過面，但有通過信與贈書。

林文寶先生：

　　收到你惠贈的出版品後，曾寫奉一信，諒收到，嗣後又收到你12/23寄出的手柬。信較印刷品似乎遲到了許多日子。

　　我很贊成你的意見，應該讓兩岸兒童文學的交流，"走上學術界的時候了"。

　　我也稀讀你贈書的諸多論著，我認為你和你們各師院兒童文學術界學者們創作的研究工作，取得相當好的成就和貢獻，十分欽佩。

　　我覺得兩岸的兒童文學術界，完全可以，也非常必要開展交流和合作。

　　我不知道你們有什麼建議和計劃，如果能雙方合作相互借鑑，則更易收到效益。請隨時賜教。

　　我目前能做的，即是把人才們的工作介紹給彼此的兒童文學界。由于四十年來，我們對于彼岸兒童文學一無所知。目前，雖然有些交流，但也只是寫作界的，理論、研究、教學界的學術交流，希望如你的主意的，也要開展起來。

　　我考慮一下，決定編第一本有一定份量的台灣兒童文學研究之類的書，主要選發的台灣兒童文學學術性的文章，也記些你們研究的成果，且然也介紹作品的同時，也介紹作品的作者的本身，的作的產品。

　　你們有個師院兒童文學教育的研究室，不知能否得到你們研究室的支持和幫助。

　　對兒童文學界從事創作的作家，我都寫了一些，但理論界，研究界，教學界，教學的工作的同仁，我是

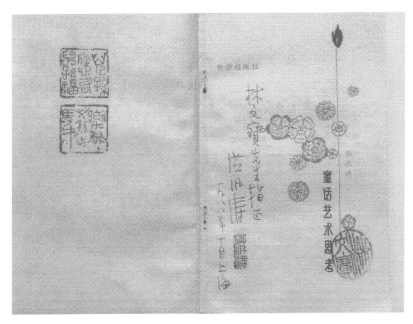

　　且因個人研究方向，有許多洪汛濤相關的著作，以下所列論述為主：

　　洪汛濤　《兒童‧文學‧作家》　海燕出版社　1982年2月
　　洪汛濤　《童話學講義》　安徽少年兒童出版社　1986年12月

洪汛濤 《童話藝術思考》 希望出版社 1988年5月

洪汛濤主編 《中國兒童文學十年（1976～1986）》 海燕出
版社 1988年7月

洪汛濤紀念集編委會 《思念──洪汛濤紀念集》 2002年9月

汪習麟 《洪汛濤評傳》 希望出版社 2003年7月

洪汛濤 《洪汛濤童話通論》 接力出版社 2011年9月

洪汛濤 《神筆馬良──洪汛濤經典童話紀念版》 浙江少年
兒童出版社 2011年9月

洪汛濤 《洪汛濤論童話》 海豚出版社 2014年1月

洪運編 《神筆馬良故事的故事──紀念《神筆馬良》創作六
十週年》 二十一世紀出版社 2014年4月

洪汛濤 《童話大師洪汛濤論童話教育（上冊）──童話的基
本論述》 上海教育出版社 2014年4月

洪汛濤 《童話大師洪汛濤論童話教育（下冊）──論童話作
家的作品》 上海教育出版社 2014年4月

　　洪汛濤有關童話研究的地位，在歷史的發展過程中有其不可替代
與忽視的地位。

　　早期最用心於童話的人，首推趙景深其人，趙景深（1902-
1985），四川宜賓人，一九二二年畢業於天津棉業學校，文學是他自
學出來的。他在天津中學時，就開始翻譯安徒生的童話，畢業後開始
編、撰有關童話的論述，計出單行本四種：

童話評論 新文化書社 1924年1月

童話概要 北新書局 1927年7月

童話論集 開明書局 1927年9月

童話學 ABC 世界書局 1929年2月

　　除外，並編有《兒童文學小論參考書》（兒童書局，1933年2月）。在趙景深之前，又有孫毓修、周作人兩人，對童話的發展有過貢獻，尤其是對古童話的肯定。有人稱孫毓修為「現代中國童話的祖師」，因為《無貓國》童話的出現，正表示著中國現代童話的開始，他也是一九〇九年三月《童話》不定期出刊的創辦者。至於周作人，除收存於《兒童文學小論》（上海兒童書局，1932年3月）的三篇外，還有與趙景深於一九二二年一月起在《晨報‧副刊》的童話對談，分五次發表，計發表討論書信九封，其中趙景深五封，周作人四封。這些討論書信後來收存於趙景深所編的《童話評論》一書。

　　而在洪汛濤之後，雖然也有研究童話理論與教學的人，但絕無有人專注童話如洪汛濤者。

　　至於洪汛濤的童話創作，王泉根將他列為第三代作家（見《中國兒童文學概論》，湖南少年兒童出版，2015年3月，頁213）。而方仁工編著的《童話十家》（海燕出版社，1987年2月），將洪汛濤列為十家之一。

　　洪汛濤有兩本童話論述於一九八九年在臺灣出版，今將一九八九年前後有關童話論述列表如下：

| 兒童讀物研究第2輯—童話研究 | 林良等 | 小學生雜誌社 | 1966.5 |
|---|---|---|---|
| 童話研究 | 林守為 | 臺南師專 | 1970.11 |
| 日本童話文學研究 | 邱淑蘭 | 名山出版社 | 1978.1 |
| 童話與兒童研究 | 松村武雄 | 新文豐出版公司 | 1978.9 |
| 中國民間童話研究 | 譚達先 | 木鐸出版社 | 1982.6 |
| 童話的智慧（上）、（下） | 吳　當 | 金文圖書公司 | 1984.12 |
| 童話的理論與作品賞析 | 陳正治 | 北市師國教輔導書 | 1988.6 |
| 中國民間童話研究 | 譚達先 | 臺灣商務印書館 | 1988.8 |
| 童話藝術思考 | 洪汛濤 | 千華出版社 | 1989.8 |
| 童話學 | 洪汛濤 | 富春文化公司 | 1989.9 |
| 幼稚園繪本・童話教學設計 | 岡田正章 | 武陵出版社 | 1989.7 |
| 童話寫作研究 | 陳正治 | 五南圖書公司 | 1990.7 |
| 童話的世界 | 相尺博 | 久大文化公司 | 1990.6 |
| 二歲小孩會讀童話書 | 蔡燈鍬<br>陳惠珍 | 大唐出版社 | 1991.5 |
| 作文小百科（童話篇） | 黃登漢 | 正生出版社 | 1992.1 |
| 童話創作原理與技巧研究 | 蔡尚志 | 百誠出版社 | 1992.6 |
| 認識童話 | 林文寶<br>主　編 | 中華民國兒童文學<br>學會 | 1992.11 |
| 科學童話研究 | 李麗霞 | 先登出版社 | 1993 |
| 如何教寶寶讀童話書 | 蔡燈鍬<br>陳惠珍 | 世茂出版社 | 1993.12 |
| 童詩童話比較研究論文特刊 | | 海峽兩岸兒童文學<br>研究會 | 1994.5 |
| 中國本土童話鑑賞 | 陳蒲清 | 駱駝出版社 | 1994.6 |
| 日本版與中文版「小紅帽」的比較<br>研究 | 吳淑琴 | 傳文文化事業公司 | 1994.11 |

| 世界童話史 | 葦　葦 | 天衛文化圖書公司 | 1995.1 |
|---|---|---|---|
| 童話創作的原理與技巧 | 蔡尚志 | 五南圖書出版公司 | 1996.6 |
| 美麗的水鏡——從多方位深究童話的創作及改寫 | 傅林統 | 桃園縣立文化中心 | 1996.7 |
| 跟童話交朋友(上)、(下) | 黃基博 | 國語日報社 | 1996.10 |
| 科學童話寫作與教學研究 | 李麗霞 | 先登出版社 | 1998 |
| 1998海峽兩岸童話學術研討會論文特刊 | 馮季眉主　編 | 中國海峽兩岸兒童文學研究會 | 1998.3 |
| 臺灣地區1945年以來現代童話學術研討會論文集 | 兒文所編 | 臺東師院 | 1998.3 |
| 認識童話 | 許建崑主　編 | 天衛文化圖書公司 | 1998.12 |
| 童話裡的智慧——和小孩在故事中成長 | 廖清碧 | 探索文化事業公司 | 1999.2 |
| 豐收的期待——少年小說、童話評論集 | 傅林統 | 富春文化公司 | 1999.4 |
| 遇見安徒生 | 楊豫馨主　編 | 遠流出版事業公司 | 1999.4 |
| 試論我國近代童話觀念的演變——兼論豐子愷的童話 | 林文寶 | 萬卷樓圖書公司 | 2000.10 |

## 三　臺灣童話的教學與創作

　　從前一節表中可知童話研究，在臺灣似乎乏人問津，倒是比較用心於教學，除表中所列書之外，當首推國語日報語文中心所編著的童話講義：

（一）1986年12月
（二）1986年12月
（三）1987年3月
（四）1987年5月
（五）1987年8月
（六）1988年1月

執筆人華霞菱 兒童文學創作班童話講義 國語日報語文中心

又陳正治編有《小朋友寫童話》（國語書店，1982年2月）一書，這本書曾一版再版，且書名也有不同。

至於黃基博更用心於童話教學，除有《跟童話交朋友》（上、下），並有：

童話信 屏東縣仙吉國小 1964年10月
童話日記 屏東縣仙吉國小 1985年1月

　　總之，童話教學已落實到寫作課程裡去了。

　　至於，童話創作，無論是發表園地、寫作風格，或是讀者，相較以往是大不相同。簡單的說，這是個後現代社會，也是個消費的時代，更是個市場指向的時代，作者的作品也是商品之一。是以作者的敲門磚，就是得獎。目前，童話獎項自是以一九九五年設立的「國語日報兒童文學牧笛獎」為主，每兩年舉辦一次。自第八屆起，停辦圖畫故事獎項，轉型一年一度的童話獎，這個獎項扮演臺灣「童話夢工廠」的角色。

國語日報兒童文學牧笛獎得獎作品

除外，九歌出版社並有童話年度選與童話列車的出版。

九歌出版社於二○○三年委任徐錦成主編《92年童話選》。

徐錦成說：臺灣固無年度童話選也！二○○三年，是臺灣年度童話選元年。年度童話除一位成人主編外，並搭配三位左右的兒童小主編。編輯原則，基本上採一人一篇，並有年度童話獎一名。童話年度選集至今仍在繼續編選中，只是主編已是一年一換。

除外，九歌於二○○六年又推出「童話列車」系列，由徐錦成負責主編，以個人為基準，為童話作家編出一部是以彰顯其成就的代表作，目前已出十二本：

1 中原童話　2006年6月

2 管家琪童話　2006年6月

3 黃海童話　2006年10月

4 王淑芬童話　2006年10月　2017年6月新版

5 傅林統童話　2007年4月

6 林世仁童話　魔洞歷險記　2007年8月

7 山鷹童話　地球彎彎腰　2009年10月

8　楊隆吉童話　山豬小隻　2010年6月

9　周姚萍童話　收集笑臉的朵朵　2011年1月

10　亞平童話　月光溫泉　2013年7月

11　林哲璋童話　童話狗仔隊　2014年5月

12　黃秋芳童話　床母娘珠珠　2015年6月

　　至於當前童話作家，要皆以橋樑書的形式及系列方式出版，目前活躍作家有：哲也、林哲璋、林世仁等人。

哲也童話系列

林哲璋童話系列

林世仁童話系列

# 四　結語

　　童話歷經民間童話、古代童話與創作童話，或有人稱前二者為古典童話，第三階段為現代童話；也有人認為現代童話有抒情與熱鬧

之別。

　　所謂現代童話，用現代的觀點來說，即是指專為兒童設計的一種超越時空的想像性故事。這種想像性的故事，它的藝術特點在於「異常性」，它是以想像、誇張、擬人、假設為表現的特徵。它的想像來源是生活，而又超越生活，還能遙望未來。一般說來，我們把這種為兒童設計的想像性故事，也就是像安徒生那樣寫法的故事叫作「童話」。

　　童話的內涵可化約為四方面，也就是四個基本構成要素：兒童、故事、趣味、想像。兒童是指童話主要閱讀對象為兒童；故事是指體裁上童話是屬散文故事體；趣味是指童話的閱讀心理需求。然而給兒童看的有趣的故事類型太多，哪些才能歸為童話呢？這就涉及童話用以跟其他故事文類相區隔的童話特質。此一能使得童話跟其他故事區分開來的素質就是「想像」，它是童話最重要的構成素質，也是西洋現代童話的命名精義所在，可說就是古典童話、現代童話所共具的特質。想像也有人稱之為「幻想」。

　　我們可以說童話觀念的演變，是外延與內涵的互動。但基本的特徵與區隔卻是在於「異常性」。這種「異常性」的童話，即是透過兒童的意識世界去審視現實世界，發現新的童話世界，再認真加以描繪。因為只有這樣，才不會使童話成為有限和定型，失去它的時代性和發展性。所謂重新加以審視的現實世界，應該包括自然界，人間社會，經濟和現代科學的發展，新事物和新制度，新的生活方式。

　　在「異常性」的童話世界裡所呈現的是：

　　　　可圈可點的胡說八道；

　　　　入情入理的荒誕無稽。

# 附錄　各篇文章出處一覽表

| 各篇文章出處一覽表 | | | | |
|---|---|---|---|---|
| 編序 | 文章 | 出處 | 時間 | 頁碼 |
| 1 | 當前我國兒童文學巡禮——兼論師專改制後兒童文學發展的方向 | 《社教資料雜誌》第132期 | 1989年7月 | 3-5 |
| 2 | 論我國新時代兒童文學的發展方向 | 同上，第135期 | 1989年10月 | 1-6 |
| 3 | 文學研究會與兒童文學運動 | 《國教之聲》第28卷第3期 | 1995年3月 | 1-7 |
| 4 | 臺灣圖畫書一路走來 | 《文化視窗》第54期 | 2003年8月 | 22-25 |
| 5 | 臺灣兒童文學的翻譯 | 《20世紀中國兒童文學》，遼寧少兒出版社 | 2006年12月 | 650-652 |
| 6 | 共同記憶的民間故事 | 《繪本世界民間故事》序，泛亞文化出版公司 | 2008年9月 | |
| 7 | 洪文瓊老師與我 | 《閱讀與寫作教學新趨勢》，臺東大學出版 | 2009年12月 | 221-225 |
| 8 | 臺灣兒童文學論述的源起 | 《臺灣兒童文學一百年》，發布會與學會年會專題報告 | 2011年11月 | |
| 9 | 民間故事——我們的歷史與記憶 | 《嬉遊民間故事》套書原序文 | 2012年11月 | |
| 10 | 有關林良先生的兒童文學論述 | 第三屆海峽兩岸兒童閱讀論壇暨林良作品研討會 | 2014年9月19日於北京 | |

| 各篇文章出處一覽表 | | | |
|---|---|---|---|
| 編序 | 文章 | 出處 | 時間 | 頁碼 |
| 11 | 林鍾隆的兒童文學那些事 | 《林鍾隆全集・兒童文學卷》導讀 | 2016年12月，國立臺灣文學館 | |
| 12 | 走向圖畫書入門之路 | 《圖畫書寶典》序，北京聯合出版社 | 2017年1月 | 頁1-4 |
| 13 | 曹文軒繪本創作簡析 | 無邊的繪本——曹文軒圖畫書十年創作研討會 | 2017年8月24日 | |
| 14 | 走向原創之路 | 第二屆海峽兩岸和香港兒童繪本高端論壇文集 | 2017年9月22日至24日 | |
| 15 | 記安徒生 | 不詳 | | |
| 16 | 在愛與生活中學習 | 演講稿，未發表 | | |
| 17 | 談幼兒文學之教與學 | 同上 | | |
| 18 | 二十一世紀以來臺灣兒童文學創作現況 | 不詳 | | |
| 19 | 洪汛濤與童話的聯想 | 未發表 | | |

文學研究叢書·兒童文學叢刊 0809014

# 兒童文學論集（三）

作　　者　林文寶
責任編輯　廖宜家
特約校稿　林秋芬

發 行 人　陳滿銘
總 經 理　梁錦興
總 編 輯　陳滿銘
副總編輯　張晏瑞
編 輯 所　萬卷樓圖書股份有限公司
排　　版　林曉敏
印　　刷　百通科技股份有限公司
封面設計　百通科技股份有限公司

發　　行　萬卷樓圖書股份有限公司
　　臺北市羅斯福路二段 41 號 6 樓之 3
　　電話 (02)23216565
　　傳真 (02)23218698
　　電郵 SERVICE@WANJUAN.COM.TW
香港經銷　香港聯合書刊物流有限公司
　　電話 (852)21502100
　　傳真 (852)23560735

ISBN 978-986-478-225-3
2018 年 11 月初版一刷
定價：新臺幣 360 元

如何購買本書：

1. 劃撥購書，請透過以下郵政劃撥帳號：
　帳號：15624015
　戶名：萬卷樓圖書股份有限公司

2. 轉帳購書，請透過以下帳戶
　合作金庫銀行　古亭分行
　戶名：萬卷樓圖書股份有限公司
　帳號：0877717092596

3. 網路購書，請透過萬卷樓網站
　網址 WWW.WANJUAN.COM.TW

大量購書，請直接聯繫我們，將有專人為您服務。客服：(02)23216565 分機 610

如有缺頁、破損或裝訂錯誤，請寄回更換

國家圖書館出版品預行編目資料

兒童文學論集. 三 / 林文寶著.-- 初版.-- 臺
北市：萬卷樓, 2018.11
　面；　公分. -- (文學研究叢書；0809014)
ISBN 978-986-478-225-3(平裝)

1.兒童文學 2.文學評論

815.92　　　　　　　　　　　107017966